Alexander Wachter

AM ENDE BIN ICH

Alexander Wachter

AM
ENDE
BIN
ICH

Diederichs

Verlagsgruppe Random House FSC® N001967

Copyright © 2020 Diederichs Verlag, München,
in der Verlagsgruppe Random House GmbH,
Neumarkter Str. 28, 81673 München
Umschlag: Weiss Werkstatt München
Umschlagmotiv: © Images LLC/Shutterstock.com
Druck und Bindung: Friedrich Pustet GmbH & Co. KG, Regensburg
Printed in Germany
ISBN 978-3-424-35107-1
www.diederichs-verlag.de

 Dieses Buch ist auch als E-Book erhältlich.

INHALT

Für meine Mama,
die stärkste aller Sonnenblumen.

SUCHT

Donnernde Tropfen finden
Durchsichtig gebrannten Sand.
Dahinter
Entblößen Teelämpchen
trostlose Treibende.
Der Rost hämmert synkopiert.
Darunter
Eine Sucht nach Geborgenheit.
Darauf
Einsam erkaufte Zweisamkeit.
Hohl schmeckende Fingerspitzen
Überlagern tosende Gedanken,
deren Müdigkeit bis ins Herz
Reicht.
Bis zum Morgen
Vielleicht.

VOR
17 JAHREN

Über meinem Bett hing ein großes Wimmelbild. Ein Wald mit seinen Bewohnern war darauf abgebildet: Ich entdeckte kleine Kaninchen, die neben ihren Eltern hoppelten und deren Namen mich ins Stolpern brachten, sah Dachse aus ihren Höhlen kriechen, noch bevor ich wusste, was ein Dachs war. Ich erkannte Rehe, die grasten, und Wildschweine, die sich im Dreck suhlten. Sie waren unterschiedlich, doch alle hatten ihre Familie. »Das ist Papa Hirsch und Mama Hirsch«, sagte ich und deutete mit meinem Finger auf die Tiere.

»Und wo ist Baby Hirsch?«, fragte mein Papa, der seinen Arm um mich gelegt hatte. Ich suchte und fand ihn gleich daneben. »Da ist er«, sagte ich. »Findest du Mama Maus?«, fragte Papa, und ich fand sie sofort. Sie trank neben ihrem Mann und ihrem Kind aus einer Pfütze.

Gestern hatte meine Mutter eine Maus in unserer Garage totgeschlagen. Ich dachte an den leblosen Körper auf dem Betonboden.

»Alles in Ordnung, Schatz?«, fragte Papa. »Das stimmt nicht«, sagte ich und zeigte auf die Mäusefamilie. »Mama hat

11

gestern Papa Maus tot gemacht. Jetzt sind Mama und Baby Maus alleine.« Papa beruhigte mich. »Du wirst sehen, bald kommt eine neue Papa Maus, und dann sind die drei wieder komplett.« Es ergab Sinn, doch mein Papa weinte plötzlich.

Er weinte auch noch am nächsten Tag, als wir in unserem Garten die neue Papa Maus entdeckten. Dabei schimpfte er mich immer aus, wenn ich traurig war.

AURORA

1

Die meisten Geschichten beginnen am Anfang, meine begann mit Aurora.

Wir hatten uns in einem Zugabteil kennengelernt. Der Zug bremste, und ihr Koffer fiel auf meinen Schoß. Sie entschuldigte sich, ich verliebte mich. Da waren ihre Augen, ihre Finger und ihr Lachen, das ich immer und immer wieder hören wollte. Wo sie denn aussteige, fragte ich sie. »In München«, antwortete sie. »Cool, ich auch!« Es knisterte. Beim Aussteigen hatte ich ihre Telefonnummer und sie all meine Gedanken.

Für unser erstes Date überraschte ich Aurora mit einer Rafting-Tour die Isar hinab. Sie war Schwimmerin im Verein, also passte es. In ausgebeulten Neoprenanzügen folgten wir dem Gruppenleiter zum Fluss. Sie griff nach meiner Hand. Ein Erfolg. Die Wellen schlugen gegen das Boot, ihre Muskeln trieben das Paddel hinein. Sie lachte viel. Den Wildwasser-Bereich wollte sie gleich noch einmal fahren, im Mildwasser schloss sie die Augen und lehnte sich gegen mich. Zweiter Erfolg. Auf dem Heimweg schlief sie an meiner Schulter ein. Ihr Kopf wippte mit den Stoßdämpfern des Busses. Dritter Erfolg. Das Highlight aber folgte beim gemeinsamen Abendessen, denn als Dessert gab es Tartufo und Aurora-Küsse. Beide süß, beide süchtig machend. Und wie die Eiscreme schmolz auch ich an ihren Lippen dahin.

Aurora war strebsam. Sie gewann Goldmedaillen im Schwimmen, trainierte mehrere Male die Woche. Ihre Grübchen sangen, wenn sie vom Schwimmen redete. An Land fühlte sie sich schwer und festgebunden, im Wasser aber war sie frei.

Wir besuchten beide die Ludwig-Maximilians-Universität. Sie studierte Betriebswissenschaften. »Einmal mehr Geld verdienen als meine Eltern«, sagte sie. »Einmal in einem richtigen Haus wohnen.« Sie hatte Träume. Für die Wohnung ihrer Eltern schämte sie sich, für die Armut, die einem Plattenbau anhaftete. Es war offensichtlich, sie brauchte es nicht auszusprechen. Ich bemerkte es: an ihrer Art, andere Häuser und deren Gärten anzuschauen. Und daran, dass ich sie nicht bis vor ihre Haustür begleiten durfte. Zu meinem Studium sagte sie nichts. Mit Informatik konnte man gut Geld verdienen, das wusste sie und das genügte ihr.

Zu unserem nächsten Treffen schenkte ich Aurora eine Sonnenblume. Sie ragte aus ihrem Rucksack, als wir Hand in Hand durch den Englischen Garten spazierten. Im Schatten einer Buche breitete ich meine Picknick-Decke aus. Aurora hatte Hummus und Obatzten dabei, für das Gebäck war ich zuständig gewesen. Umgeben von Karomustern, eine knorrige Wurzel in meinem Rücken und Auroras Kopf auf meinem Bauch, redeten wir und vergaßen die Welt um uns herum.

Abends glühten Auroras Rücken und Schultern in einem schmerzhaften Dunkelrot. Der Bikinistreifen diente als Farbtonmesser. »Ich habe eine Aloe-Vera-Feuchtigkeitscreme bei mir zu Hause«, bot ich an. Sie drückte testend auf ihre brennende Schulter und mir dann einen Kuss auf den Mund. »Wie könnte ich da Nein sagen?«

Wir spazierten zu meiner Wohnung. Die gesamte Kaiserstraße war von Prachtbauten aus dem neunzehnten und frühen zwanzigsten Jahrhundert gesäumt. Mein Studentenwohnheim bildete die einzige Ausnahme. Mit seiner Betonfassade und den rostigen Regenrinnen wirkte es wie eine Amphibie inmitten befellter Säugetiere.

Ich durchforstete meinen Badezimmerschrank nach der Feuchtigkeitscreme. »Du kannst von hier sogar den Englischen Garten sehen«, hörte ich Aurora sagen. Sie inspizierte meine Bücherregale und den Inhalt meines Kühlschranks. Sie kaute auf einer Karotte, als ich aus dem Bad mit der Creme in der Hand zurückkam. »Ich hab sie gefunden.« Aurora zog ihr Top aus, dann ihren BH. »Cremst du mich ein?«

Zittrige Finger am Creme-Tubenverschluss, schwitzige Hände auf ihren Schultern und an ihrem Rücken. Ich spürte ihre Haut, aufgeheizt von der Sonne, noch zarter als in meiner Vorstellung. Subtil unter dem intensiven Aloe-Vera-Geruch roch ich sie: Tannen und Rosen, warm und feucht, das Aurora-Aroma.

Sie fuhr mit ihrer Hand unter mein T-Shirt, ertastete meine Nippel. »Du bist dran.« Sie zog an meinem T-Shirt: aus. An meiner Hose: aus. Meinen Briefs: aus. Ich stand vor ihr, nur noch Socken am Leib. Sie begutachtete mich, fuhr meinen Rücken entlang zu meinem Hintern, legte ihre Hand an meine Brust. »Das wollte ich schon machen, als ich dich das erste

Mal gesehen habe.« Ein Flüstern an meinem Ohr. Sie ging auf die Knie.

Danach lagen wir auf dem verschwitzten Laken, abgedeckt, Aurora in meinem Arm. Ihre Finger strichen mir die Haare aus der Stirn. Sie schaute mich an und lächelte – und mir wurde klar, dass ich mich verliebt hatte. Ich drückte sie fest, ließ sie meine Liebe spüren. »Ich mag deine Wohnung«, sagte sie. »Ich mag dich«, erwiderte ich. Sie rollte sich auf die Seite, ihre Brust gegen meine. Zwei Herzen, gemeinsam schlagend. »Du bist wirklich toll, Luca. Ich fühle mich wohl mit dir.« »Und ich mich erst mit dir!« *Ich möchte sie für mich haben.* »Ich habe dich wirklich gern, Aurora. Ich möchte es richtig machen mit dir.« Ihr Herzschlag wurde schneller. Es auszusprechen fühlte sich eigenartig an. Noch nie hatte ich diese Frage gestellt: »Willst du meine Freundin sein?«

Aurora lächelte. Es war ein anderes, mir unbekanntes Lächeln. Nervosität und Ablehnung sprachen daraus. Sie sagte viele Worte, ich hörte nur eines.

»Nein.«

2

Meine Mutter freute sich über meinen Besuch. »Wie lange wirst du bleiben, Schatz?« Ich wusste es nicht. Ein paar Tage mindestens. Genügend Zeit, um den Kopf freizubekommen, um ihn mit Dingen vollzustopfen, die nicht Aurora waren.

Noch hatte es nicht funktioniert. Ihre Stimme geisterte un-unterbrochen in meinem Kopf.

»Du bist mir wichtig, Luca.«

»Ich möchte dich in meinem Leben haben, Luca.«

»Du bist ein großartiger Mann, Luca.«

Aurora verspottete mich. Lobte mich in Sopran und wollte dennoch keine Beziehung mit mir. Ich sei »zu lieb«, »zu gut«, damit könne sie nicht umgehen. Ich sagte ihr, ich sei eigentlich ganz anders, kompliziert und egoistisch. Das werde sie schon noch merken – doch sie glaubte mir nicht. Also war ich egoistisch und sagte unser nächstes Treffen ab. Damit sie dachte, ich wolle sie nicht sehen. Damit ich verbarg, wie sehr ich es wollte. Bislang bereute ich es.

Ich fuhr in die Heimat.

Von der U-Bahn in die Regionalbahn, in den Bus nach Bad Eglheim – der bekannteste Kurort in Niederbayern. Zumindest wenn man meiner Mutter Glauben schenkte. Dem mit ätheri-schen Mineralien angereicherten Wasser des Dorfes wurden seit dessen Gründung heilsame Attribute zugesprochen, doch spätestens nachdem das Forscherpaar Marie und Edgar von Linde in den 1960ern Wasserproben analysiert hatten galt der Verdacht als bestätigt. Die Tourismusmaschinerie schmiss ihre Kurbeln an, Thermen und Spa-Anlagen sprossen über Nacht aus dem Boden, und ehemalige Viehbauern sahen sich bald in der Rolle von Hoteliers. Gut betuchte Familien bauten Prunk-häuser, um alljährlich in einem artgerechten Domizil zu resi-dieren. In der Sommerzeit schwoll die Einwohnerzahl auf das Doppelte an, im Winter standen die meisten Häuser leer. Hier wurde ich geboren, hier bin ich aufgewachsen.

Als Sohn der Sekretärin des Bürgermeisters kannte ich viele Einwohner, noch mehr kannten mich. Meine Mutter hatte mich früher mit zur Arbeit genommen. Mit einem Bilderbuch war ich genügsam und quengelte wenig. Der alte Bürgermeister steckte mir heimlich Bounty-Riegel zu, wenn meine Mutter telefonierte. Ich bildete mir ein, dass sie nichts davon mitbekam – weder meinen Schokoladenmund noch die klebrigen Abdrücke in meinem Bilderbuch. Nach der Geburt meines Bruders wechselte sie auf Teilzeit. Sie nahm Bene und mich selten mit ins Büro und arbeitete oft von zu Hause. Mit unserem Vater ließ sie uns ungern alleine – selbst als die beiden noch verheiratet waren.

Stundenlang saßen Bene und ich nachts auf der obersten Stufe unserer Treppe, aneinandergelehnt, die Hintern kalt auf dem Granitquader, und lauschten unseren Eltern beim Streiten. Sie hatten die Küchentür geschlossen, doch wir hörten sie deutlich. Ihre Schreie verstanden wohl selbst die Nachbarn. Bene blieb nie lange wach. Er schlief ruhig. Nur seine Beine zuckten, als die Anspannung aus ihnen wich.

Als die Trennung offiziell wurde, verschwand unser Vater. Genauso wie unser Fernseher und der Couchtisch. Von seinem Grill blieb nur das gehackte Brennholz, von seinem Auto nur die Ölflecken auf dem Teer zurück. Zuletzt verflog auch der Geruch seines Aftershaves aus unserem Badezimmer. Nach einem Jahr stand er unangekündigt vor unserer Haustür, braungebrannt, unrasiert. »Tut mir leid, Jungs. Papa brauchte eine Auszeit.« Bene verzieh ihm sofort, Mutter und ich bis heute nicht.

Die Küche roch nach Zitronenkuchen und Zigarettenrauch. Der Küchenstuhl knarrte unter meinem Gewicht. Der gelbe Bezug war von den vielen Jeans, die darauf gesessen hatten, bläulich verfärbt. Mein Handy zeigte keine Nachricht von Aurora an. Sie hatte mir seit meiner Absage nicht mehr geantwortet. Ich legte es mit dem Bildschirm nach unten auf den Tisch. »Wo bist du denn schon wieder mit deinen Gedanken?«, fragte meine Mutter. Ich schüttelte den Kopf und nahm einen Bissen vom Kuchenstück. »Schmeckt sehr lecker.« Sie zog an ihrer Marlboro Light und aschte ab. »Henrik hat die Zitronen geschnitten. Sie sind etwas klein und unförmig.«

»Schmeckt trotzdem gut.«

Henrik war untalentiert in vielen Dingen, nur meine Mutter enttäuschen konnte er gut. Ihr Kiefer mahlte oft, wenn sie von ihm sprach. Letzte Woche feierten sie ihr Fünfjähriges. »Er hat daran gedacht«, sagte sie, als hätte sie es ihm nicht zugetraut. »Hat mich sogar mit Blumen und einem Frühstück überrascht. Nur hat er vergessen, Brot zu kaufen. Die Rühreier waren auch angebrannt.«

»Aber der Wille war da«, warf ich ein.

»Der Wille war da«, stimmte sie mir zu.

Unterbewusst griff ich nach meinem Handy. *Immer noch keine Antwort.* Ich spürte die Hand meiner Mutter nach meiner greifen, ihre Augen meine suchen. »Was ist los? Ich merke doch, dass dich etwas bedrückt.« Einzugestehen, dass es mir schlecht ging, bedeutete, dass ich mich mit Aurora auseinandersetzen musste. Dass es ein Problem gab. Dass sie keine Beziehung mit mir wollte. »Alles in Ordnung, Mama. Bin nur etwas müde.« Ihr Blick strafte mich Lügen. Sie kannte mich zu gut.

Mein Bruder begrüßte mich überschwänglich, als er aus der Schule nach Hause kam. Er spielte mir *Comptine d'un autre été* auf dem Klavier vor. Bene, der Autodidakt, hatte nie Klavierunterricht genommen, sondern brachte sich die Stücke selbst bei. »Wie findest du's?«, fragte er mich, der letzte Ton hing noch im Raum. Während der Achtelnoten rutschten seine *Es* und *Ds* vor die *Hs*, und er verpasste gerne den Einsatz des Fußpedals, ansonsten klang es toll. »Nichts auszusetzen. Krass, wie gut du geworden bist.«

»Bald bin ich so gut wie du, sagt Mama.«

Das klang sehr nach unserer Mutter. Ich hatte mich schon lange nicht mehr an die Tasten gesetzt, dennoch erzählte meine Mutter ihrem Kaffeekränzchen zu gerne, »wie schade« das doch sei. »Luca wäre eigentlich sehr talentiert. Aber man kann sie nicht zwingen. Also was soll man machen?« Reihum zustimmendes Nicken, Seufzer und Schulterzucken.

»Komm, ich muss dir etwas zeigen«, sagte Bene und führte mich in sein Zimmer. Seine Stimme klang reifer, sein Gang wirkte erwachsener. Keine Federn saßen mehr in seinen Achillessehnen, stattdessen setzte er seine Schritte ruhig, breitbeiniger, maskuliner. Die Pubertät hatte seinen Körper fest im Griff, seine Launen glücklicherweise noch nicht.

Er zeigte mir eine Leinwand, die er für unseren Vater bemalt hatte. »Er wollte doch etwas, das er in seine neue Wohnung hängen kann. Henrik hat gemeint, ich solle unbedingt Braun verwenden, aber jetzt sieht es aus wie ein Kackhaufen. Was meinst du?« Mein Bruder, die Künstlerseele, mied jegliche Autorität, reagierte empfindlich auf Kritik und war überaus perfektionistisch. Die Wände seines Zimmers zeigten Benes Kreativität: Aquarellgemälde und Kreidebilder, Bleistiftlandschaften und Acryl-Lebewesen. Die Leinwand in seinen Händen wurde dem

Anspruch tatsächlich nicht gerecht. Darauf war ein abstraktes Geflecht aus Linien abgebildet, das sich zu einem Knäuel ballte.

»Wieso hörst du auch auf Henrik?«

»Frag mich nicht.«

Gemeinsam überlegten wir uns einen neuen Ansatz für das Bild. Bene fing sofort an. Er genoss es, alleine zu sein und sich kreativ zu verausgaben. Ich bewunderte ihn dafür, wie glücklich er mit sich war. Er brauchte niemanden außer sich selbst. *Noch immer keine Nachricht von Aurora.*

Die Hitze drückte schwer in mein Zimmer. Der Wetterbericht hatte Regen angekündigt, aber davon merkte ich nichts. Ich las ein Buch, das Sarah mir ausgeliehen hatte, *Ich komme mit* von Angelika Waldis – bis mir die Augen zufielen. Im Halbschlaf bildete ich mir ein, dass mein Handy piepte. Und tatsächlich: Eine Nachricht war eingegangen. Von Aurora leider nicht. Noah hatte mir auf Snapchat geschrieben. Er hatte wohl auf der Karte gesehen, dass ich in Eglheim war. Sein Snapchat-Bitmoji zeigte ihn mit blonden Haaren und Vampirzähnen. *Wie originell.* Ich öffnete die Nachricht: »Hey, was machst du?« Erst wollte ich nicht zurückschreiben, dann antwortete ich: »Liege im Bett. Versuche zu schlafen.« Seine Antwort ploppte auf, bevor ich die App geschlossen hatte. »Uhhh … In Egl?« Darauf antwortete ich nicht mehr. Noah schrieb weiter. Ich öffnete die Nachrichten erst am nächsten Morgen. »Hast du keinen Bock mehr auf mich? War doch letztes Mal echt geil«, war seine letzte gewesen.

Noah war Mitglied meiner alten Volleyball-Mannschaft. Ich hatte seine Bewegungen auf dem Spielfeld beobachtet, das Spiel seiner Muskeln unter dem dünnen Stoff, die Schweißperlen, die an seinen Schläfen hingen und seinen Hals hinunterrannen.

Seine Stimme hatte den Umkleideraum erfüllt, er hatte Scherze gerissen, mit allen gelacht – doch seine Blicke galten mir. Er hatte Erfahrung, ich nicht. Er war schwul und ungeoutet. Ich wusste nicht, was ich war. Wusste es selbst heute nicht.

Mir gefielen Frauen. Ich hatte immer feste Freundinnen gehabt, sah mich nur mit Frauen an meiner Seite, einer Ehefrau und Kindern. Männer hatten mich nie interessiert, nicht auf diese Weise zumindest – bis sie mich doch interessierten. Ich redete es mir aus. Das lag bestimmt an der angeborenen Vergleichssucht oder einer Art Eifersucht auf diese gut aussehenden Männer. Ich wollte einer von ihnen sein, nicht *mit* einem von ihnen sein. Doch im Laufe der Zeit verloren diese Argumente ihre Kraft. Immer öfter erwischte ich mich mit dem Wunsch, einen Mann zu halten, von einem Mann gehalten zu werden. In meinen Träumen wechselten sich weibliche und männliche Liebschaften ab. Noah war der einzige Mann, mit dem ich je etwas Intimes teilte, verliebt in Männer war ich allerdings schon des Öfteren gewesen. »Schwule sind einfach unnatürlich«, hatte meine Mutter einmal zu mir gesagt, ohne sich über die Bedeutung für mich im Klaren zu sein. Mir stellte sich die Frage, ob ich mich der möglichen Ausgrenzung und Anfeindung aussetzen wollte. *Nur weil ich auch Männer mag.* Letzten Endes würde ich vielleicht mit einer Frau glücklich werden.

Und nun war ich mir sicher: Ich wollte Aurora.

Ich schrieb Noah zurück und entschuldigte mich. Nicht zu antworten war gemein gewesen. Er konnte nicht ahnen, dass Aurora in mein Leben getreten war. Da erhielt ich eine Nachricht, und Adrenalin schoss ein.

Aurora schrieb: »Wie geht es dir? Hast du kurz Zeit?«

3

Markus wohnte immer noch im Nachbarhaus. Seine Eltern hatten den Dachboden ausgebaut, damit für seine Freundin und ihn genug Platz war. Für ein eigenes Badezimmer, neues Parkett und maßgeschneiderte Einbauschränke wurde gesorgt, an der Isolierung der Fenster hatte man gespart. Direkt unter dem Dach heizten sich die Räume drastisch auf. Besonders an Sonnentagen wie heute.

»Mir ist es eh recht, wenn Meine nicht so viel anhat. Je weniger, desto besser«, meinte Markus. Er selbst – in Unterhose und Unterhemd – verschmolz mit seinem Fernsehsessel, Bierflasche in der Hand. Schmatzende Geräusche begleiteten jede Bewegung seiner nackten Arme und Oberschenkel auf dem Leder, das sich ungern von ihm löste. Seine Füße hinterließen Schweißabdrücke auf dem Parkett. »Wo ist Madlene?«, erkundigte ich mich nach seiner Freundin. »Gerade noch einkaufen. Wir grillen nachher die Forellen, die wir gestern gefangen haben.«

Markus, das Individuum, existierte nicht mehr. Seitdem Madlene bei ihm eingezogen war, gab es nur noch ein *Wir*: *Wir* haben uns das Fußballspiel angesehen. *Wir* mögen keine Pilze. *Wir* haben komplett vergessen, dich zurückzurufen. Den Markus, der im Urlaub immer die meisten Shots hinuntergekippt und ohne Scheu jede Frau angequatscht, mit dem ich bis um fünf Uhr in der Früh Rennspiele gezockt hatte und mit dem ich über alles sprechen konnte, existierte nicht mehr. Manchmal vermisste ich ihn.

»Falls du mitessen möchtest, wir haben genug.« Ich dankte ihm, lehnte aber ab. »Stimmt«, erinnerte sich Markus. »Die Frau, von der du mir erzählt hast, kommt ja heute. Wie hat sie noch mal geheißen? Arina?«

»Aurora.« Allein ihren Namen zu sagen, freute mich. Ein Meer aus Vokalen, das ungebrochen die Stimmbänder hinauf an der Zunge entlang aus dem Mund rollte. »Ich hole sie um vier vom Busbahnhof ab.« Der Sessel schmatzte, und Markus lehnte sich mit der Bierflasche zu mir. Wir stießen an. »Geil, Mann. Das erste Mal, dass dich ein Mädel aus München hier besuchen kommt. Freust dich schon?«

Ich freute mich und hatte doch Angst vor dem Wochenende mit ihr. Was wäre, wenn es ihr hier nicht gefiele? Was, wenn sie meine Familie und Freunde nicht mochte? Ich ihr zu ländlich war? Es hing viel von diesem Wochenende ab. Eine Uniklausur war nichts dagegen.

Nachdem Aurora mir geschrieben hatte, telefonierten wir. Sie habe nachgedacht, wolle mich sehen. Ich sei aber nicht in München. »Dann komme ich zu dir.« So einfach, so unkompliziert.

Jetzt war sie auf dem Weg zu mir. Sie ärgerte sich vermutlich gerade über den unbequemen, beengten Sitzplatz oder schlief an das Fenster gelehnt mit der Stirn gegen das Glas gedrückt. War sie auch aufgeregt, mich zu sehen? Unsicher, wie sie sich verhalten sollte? Vermutlich nicht.

Ich stand zu früh am Busbahnhof. Das Gebäude bot mir Schatten, dennoch schwitzte ich mehr, als ich es mir wünschte. Ich übte meinen Gesichtsausdruck für unser Wiedersehen, achtete aber nicht mehr darauf, als sie endlich aus dem Bus stieg. Sie fiel mir in die Arme, lockerte die Umarmung erst nach mir. »Du hast es geschafft. Willkommen in meinem Kuhdorf«, sagte ich. Ich trug ihren Rucksack für sie. Er hatte rote Striemen auf ihren Schultern hinterlassen. Aurora sagte, sie liebe die ländliche Idylle. Vor meinem Haus blieb sie einen Moment stehen und drückte meine Hand. »Hier bist du also groß geworden.« Es war keine Frage, sie wollte verstehen.

Wir aßen die Reste des Mittagessens. Aurora verputzte zwei Portionen, während ich keinen Appetit verspürte. Ihre Nähe schnürte mir den Magen zu, ihr Anblick sättigte mich. Meiner Mutter und Henrik hatte ich einen Eid abgenommen, nett zu Aurora zu sein und mich nicht zu blamieren. Henrik riss sich am Riemen. Er unterhielt sich angeregt mit Aurora über seinen Garten. Sie überzeugte ihn von sich, indem sie seine Blumenarten benennen konnte. »Die Gerberas? Ich denke auch, dass die sich toll neben der Terrasse machen würden«, sagte sie, und Henrik schenkte ihr einen Blick, den ich von mir selbst kannte. Er klopfte mir anerkennend auf die Schulter. »Die schnappst du dir.«

Meine Mutter überzeugte man weniger schnell. Sie redete wenig und brachte sich auch in keine Unterhaltung ein. Als ich sie fragte, was sie von Aurora halte, meinte sie knapp: »Hübsches Mädchen. Hat noch kein einziges Mal ›Danke‹ gesagt.« Ich hoffte, dass Aurora ihre ablehnende Haltung nicht bemerkte. Meine Mutter hatte die Couch in meinem Zimmer mit einem Bettlaken überzogen: Auroras designierter Schlafplatz. Aurora sah die Couch und runzelte die Stirn. »Dann möchtest du getrennt schlafen?« Ich nahm ihren Rucksack und stellte ihn neben mein Bett. »Außer du willst alleine auf der Couch schlafen.« Sie antwortete mit einem Kuss.

Ich nahm Aurora zum Volleyball-Platz mit. Markus und Madlene begleiteten uns. »Luca meinte, ihr hattet selbstgefangene Forellen. Toll! Wie habt ihr sie zubereitet?«, fragte Aurora. Ihr Gespür für Menschen war beeindruckend. Sie verstand, ins Gespräch zu kommen und zu gefallen. Markus zeigte sich ähnlich begeistert wie Henrik: »Voll die Granate, Luca. Und scheint echt 'ne Liebe zu sein.«

Der aufgeheizte Sand verbrannte uns die Fußsohlen, also behielten wir die Schuhe an. Aurora zeigte Einsatz, schmiss sich öfter in den Sand als ich. Der Schweiß ließ den Sand kleben. »Ich sehe aus wie ein paniertes Schnitzel«, sagte sie. Ich gab ihr recht. »Zum Anbeißen.« Sie strich mir um die Hüfte. »Dito.« Ihre Aufschläge erinnerten an Geschosse. Sie gingen kugelartig ins andere Feld nieder. Ich bewunderte die Präzision ihrer Bewegungen. Sie hatte mir einmal erklärt, dass es beim Schwimmen darum ging, Bewegungsabläufe zu perfektionieren. Diesen Anspruch merkte ich ihr auch hier an. Zwischen jedem Satz küsste sie mich. Es gab sandige Küsse, haarige und nasse – doch alle fühlten sich richtig an.

Direkt neben dem Volleyball-Feld trieb die Eglheimer Ache. Die Strömung war schwach, das Wasser erfrischend kalt. Die Haut, an der gerade noch der Sand geklebt hatte, fühlte sich glatt an. »Ich glaube, ich brauche deine Aloe Vera noch mal«, sagte Aurora. Ihre Haut leuchtete krebsrot. »Echt eigenartig, normalerweise kriege ich nie so schnell Sonnenbrand.«

Die Creme war natürlich in München, ich hatte sie nicht mitgebracht. Stattdessen trug ich ihr zurück im Haus eine Aftersun meiner Mutter auf. Mein Puls pochte in meinen Ohren, als ich sie einschmierte. An dieser Stelle waren wir schon einmal gewesen – und danach wollte sie nicht meine Freundin sein. Ich spürte erneut den Stich ihrer Ablehnung in meiner

Brust und stoppte abrupt. »Luca, alles okay mit dir?«, fragte sie. Ich schüttelte den Kopf und sagte ihr, dass nichts okay war. Ich musste nicht erklären.

»Luca.« Eine Anspannung lag in der Luft, vor der ich mich fürchtete. »Luca, ich möchte eine Beziehung mit dir ...«

Stille.

Meint sie das ernst? »Aber ...?«, fragte ich. »Kein Aber! Ich weiß nicht, ob es klappt. Aber ich will es versuchen. Du bist so lieb, so gut. Ich mag, wer ich bin, wenn ich mit dir bin.« Die Endorphine tröpfelten langsam ein. Ich glaubte meinen Ohren nicht, wollte es genau wissen. »Bist du dir wirklich sicher?« Ich glaubte meinen Augen nicht. *Diese Frau möchte meine Freundin sein!* »Nur, wenn du auch wirklich willst.« Sie nickte, küsste, liebkoste mich. Ich glaubte meiner Haut nicht, die ihre Wärme spürte.

In der Nacht, als ich ihre Brust sich heben und senken hörte, ihre Silhouette in meinem Arm sah und ihre Hand auf meiner Brust lag, ihre Beine an meine gekuschelt, begann ich es zu glauben. Ich fiel in einen Endorphinrausch. War ich jemals glücklicher?

4

Verliebtsein war ein wunderschönes Gefühl. Als würden Geburtstag und Weihnachten auf einen Tag fallen. Jeden Tag. Wochenlang. Es war eine Naturgewalt, der man sich mit Freude ergab – manchmal sanft und lau, oft tosend und ungestüm.

Vermutlich biologisch bedingt, vermutlich vergänglich, aber, ach, so schön.

Zurück in München schlief Aurora oft bei mir. Mein Bett war kleiner hier, wir stapelten. Viermal Sex am Tag reichte uns nicht. Unsere Lippen schmerzten, aber ich bekam nicht genug von ihr. Neben ihr zu sein und sie nicht zu berühren: reine Folter. Noch schlimmer war es nur, sie nicht zu sehen.

Wenn wir nicht beieinander waren, schrieben wir uns Nachrichten: über interessante Menschen, die wir auf der Straße gesehen hatten, lustige Dinge, die uns selbst oder Freunden passiert waren, oder humorvolle Memes aus dem Internet.

Sie schrieb: »Wie nennt man einen trainierten Waschbären?«

Ich schrieb: »Keine Ahnung. Wie denn?«

»Na, eine Waschmaschine.«

Ich schickte viele Lachsmileys.

Unsere digitalen Gespräche blieben locker, über ernste Themen redeten wir persönlich. Wobei Aurora ernste Themen ungern besprach. Oft konnte sie keine Worte für das finden, was sie sagen wollte. Sie drückte ihre Gefühle nonverbal aus. Gefiel ihr mein Hemd nicht, hob sie die Augenbraue. Mochte sie es, strich sie mir über die Brust. Keine Worte, dennoch verstand ich sie.

Sie zeigte mir ihre Lieblingsmusik, schickte mir Lieder, die ich mir anhörte, wenn ich alleine im Bett lag. Von Mozartsinfonien zu Boogie-Woogie-Templates, von Filmmusik zu Techno-Beats war alles dabei. Da sie kaum über Persönliches sprach, glaubte ich, sie teile mir ihre Gefühle mithilfe ihrer Liedempfehlungen mit. Aufmerksam lauschte ich den Texten und suchte nach offensichtlichen Bedeutungen. Ich interpretierte Zeilen: *Stuck in a rut you can't get out* klang nach einer Aufforderung zur Aufmunterung, *Only you can make me come alive* nach einer Liebeserklärung. Ich nahm alles von ihr, das sie bereit war zu geben.

Aurora hinterließ Spuren in meinem Leben, die man sah: frisches Gemüse in meinem Kühlschrank. Lockige Haare in meiner Wohnung. Kratzspuren auf meinem Rücken. Vieles sah man nicht: Die Sensation der Berührungen ihrer Fingerkuppen an meinem Körper. Die Unruhe, wenn sie nicht bei mir war. Die Gewissheit, alles zu erreichen, solange sie bei mir war. Sie spornte mich an.

Wir joggten, radelten, spielten Tennis, Bowling und Golf, tauchten im Starnberger See und wanderten auf den Schafreuter. Mit Aurora mitzuhalten: unmöglich. Dennoch versuchte ich es. Je anstrengender, je abenteuerlicher, je riskanter, desto glücklicher war Aurora. Ihre Leidenschaft steckte mich an. Ob hoch zur See oder im Gebirge – mit ihr wollte ich überall hingehen. Bald warfen meine Zehen Blasen, meine Knie waren aufgeschürft, meine Finger aufgekratzt und meine Arme voller blauer Flecken. Auf meinen Schultern schälte sich die Haut wegen des Wanderrucksacks, und um mein rechtes Bein schlängelten sich Pusteln. »Du stellst dich aber auch an«, sagte Aurora, als ich zusammenzuckte, während sie mir eine Salbe auf die Eiterbläschen schmierte. Sie massierte den Wirkstoff in meine Wade ein. »Deine Muskeln sind echt groß geworden.« Ich gefiel ihr immer besser, was mir große Freude bereitete.

Zusätzlich zum Sport, den wir gemeinsam ausübten, tauchte Aurora ab. Sie trainierte mehrere Male die Woche für

Schwimmwettkämpfe. Bei den Trainings war ich nicht geduldet, doch an Wettkampftagen saß ich im Publikum und feuerte sie an. Ihre Eltern kündigten sich stets an, waren bislang jedoch nie aufgetaucht.

Gegen Aurora wirkten andere Mitstreiter ungelenk, ihre Arme teilten das Wasser mühelos, mit ihrem Fußschlag ließ sie alle hinter sich zurück. Sie würde bald die Deutsche Meisterschaft schwimmen, hatte sie mir gesagt. »Habe jetzt endlich die eine Minute auf hundert Meter Kraulen hingelegt. Jetzt muss ich die Zeit nur noch bei einem Wettkampf schwimmen.«

Heute kam sie bei 00:58 an. Die Menge jubelte, die jungen Männer lautstarker als die anderen. Bei der Siegerehrung winkte sie ihnen vom Podium aus zu, mich sah sie in dem Gedränge nicht, obwohl ich ihren Namen rief.

Später folgte ich dem Pfad aus nassen Fußabdrücken zu den Umkleidekabinen. Selten hatte sie so erschöpft ausgesehen. Ihre Eltern waren wieder nicht aufgetaucht. »Aber, Schatzi«, sagte Aurora mit neuer Kraft in der Stimme. »Ich hab's geschafft.« Ich nahm ihre Tasche für sie. »Ich habe nie daran gezweifelt.« Sie legte ihren Kopf an meine Schulter, als wir zur U-Bahn spazierten und den beginnenden Regen ignorierten.

Die Regenfälle hielten mehrere Tage an. Sobald die ersten Sonnenstrahlen durch die Wolkenkrone fielen, unternahmen wir eine Radtour die Isar entlang. Aurora hätte mit ihrem Tempo den Tour de France-Siegern imponiert. Ich stieg in die Pedale, spürte das geriffelte Metall in meine Gummisohlen drücken. Grober Kies klapperte in meinen Speichen. »Da vorne links«, rief ich Aurora zu, die abbog und dem Weg folgte, der vor einem Maschendrahttor endete. Einige Male war ich bereits durch den

Münchner Rosengarten spaziert – alleine oder mit einem Date. Noch nie mit Aurora.

Ich stellte uns Stühle inmitten zweier Rosenbeete. Wir erfreuten uns an den Blumen, deren schwere Köpfe sich nach Tagen im Regen der Sonne entgegenstreckten. Das Aurora-Aroma vermischte sich mit dem Duft der Rosen, wurde intensiver. »Ich liebe es hier«, sagte ich. Aurora zog mich an meinem T-Shirt zu ihr, dann flüsterte sie: »Ich liebe dich.«

Es war das erste Mal, dass sie es zu mir sagte, und es bedeutete die Welt für mich. Wir schmusten, meine Wirbelsäule kribbelte, meine Pusteln juckten. »Ich liebe dich auch«, sagte ich. Sie lachte. »Das weiß ich.«

Zum ersten Mal nahm Aurora mich mit zu sich nach Hause. Alles war klein und hatte seinen Platz. Wo ich mich auch hinwandte, überall empfing mich Auroras Geruch. Ihre Eltern waren weg, sie wusste nicht, wann sie wiederkamen. Wir legten uns in ihr Bett, dicht aneinandergekuschelt. Sie zeigte mir ein Fotoalbum. Die Seiten rochen staubig und knisterten beim Umblättern. Auf dem ersten Bild liegt Aurora in ihrer Krippe, noch winzig und unförmig. Ich blätterte zur nächsten Seite. Aurora schaut zu der Person hinter der Kamera, mit winzigen Schwimmflügeln und fehlenden Schneidezähnen. Auf einem anderen Foto konzentriert sich Aurora auf das Notenblatt vor ihr und schlägt die Klaviertasten an. Knister. Aurora präsentiert stolz einen großen Fisch in ihren Händchen. Knister. Aurora umarmt ihren Vater, auf ihrer Wange glitzert ein Schmetterling. Knister. Aurora steht auf dem Siegerpodest und erhält eine Medaille. Knister. Aurora mit Pickeln im Gesicht und demselben Lachen, das ich so liebte, seilt sich von einer Bergwand ab.

Knister. Aurora unter einer großen Sechzehn mit Girlanden um den Hals. Knister. Aurora im Abendkleid. Knister. Aurora mit Freunden am Strand. Knister. Aurora im Handstand.

Ich lernte, wie ihre Eltern aussahen und dass ihre Mutter kein Geld für Kindersachen, aber für Schönheitsoperationen hatte. Aurora gewährte mir Einblick in einen Teil ihres Lebens, den ich bislang nur erahnen konnte. Sie machte sich damit verletzlich. Ich fühlte mich ihr näher als je zuvor.

Aurora schlief ein. Meine Augen blieben offen und auf ihr. Ich versprach mir, ich würde immer für sie da sein. Ich würde sie nie verletzen.

Leider versprach sie mir das nie.

5

Unser Vater hatte angerufen. Er war von seiner Auslandsreise zurück, wollte Bene und mich gerne sehen. »Schlaft doch Samstag auf Sonntag bei mir.« Er klang heiser, aber gut gelaunt. Vier Monate war er für seine Arbeit in den USA gewesen. Nur selten hatte er von sich hören lassen. Ich gab Aurora Bescheid und sagte zu.

Meine Mutter zeigte sich wenig begeistert. »Pass mir auf deinen Bruder auf«, mahnte sie. »Er wird nur wieder enttäuscht.« Ich sah die Sorge: in ihren Stirnfalten und wie sie mit ihren Fingern gegen die Kaffeetasse tippte. »Du kennst deinen Vater. Du weißt, wie er sein kann.« Ich versicherte es ihr.

Wir hörten ihn kommen, bevor er in unsere Straße einbog. Unser Vater hatte sich mal wieder ein neues Auto gekauft. Ich erkannte das Modell: BMW M7. Henrik träumte davon, einen zu besitzen. Er starrte aus dem Fenster. »Mit welchem Geld?«, murmelte er und nahm uns die Frage aus dem Mund. Mein Vater behauptete, gut mit Geld umgehen zu können. Die Gerichtsvollzieher, die regelmäßig vor seiner Tür aufmarschierten und Raten für seine Kredite einforderten, waren anderer Meinung.

»Er muss nicht reinkommen. Ich will ihn nicht im Haus«, sagte meine Mutter. Sie brauchte sich keine Sorgen zu machen. Er hupte und wartete darauf, dass wir rauskamen und zu ihm ins Auto stiegen.

Im Auto lief die Heizung auf Hochtouren. »Sorry, Jungs. Aber nach Monaten in der kalifornischen Hitze friere ich mir hier sonst den Arsch ab.« Er erzählte uns von seiner Geschäftsreise, von den wichtigen Leuten, die er getroffen hatte, den Partys, auf denen er war, und den tollen Frauen, die er kennengelernt hatte. »Was ist mit Mia?«, erkundigte sich Bene nach der letzten Freundin unseres Vaters. »Och, das lief nicht. Sie war sehr kompliziert. Aber keine Sorge, ihr werdet sie bestimmt mal wiedersehen. Wir sind eng befreundet.« Ich schaute zu Bene, der Mia mochte und unserem Vater jedes Wort abkaufte.

Ich lernte früh, dass unser Vater die Wahrheit zurechtbog. Statt der versprochenen Hüpfburg zum Geburtstag bekam man eine Geschenkkarte, in der ein Zehn-Euro-Schein lag und irgendeine abgegriffene Lebensweisheit stand. Ein Wochenende nur mit ihm wurde mit einem entschuldigenden Anruf, dass wir uns nicht sehen würden, erledigt. Meine Mutter sagte mir einst: »Wenn man ihm auch nur die Hälfte von dem glaubte, was er sagte, war man immer noch gut angelogen.«

Das Auto rollte in die Tiefgarage, als unser Vater zum ersten Mal aufhörte, von sich zu reden. »Was läuft bei euch so? Was habe ich verpasst?« Ich wollte nichts erzählen, doch Bene sprang ein: »Luca hat jetzt eine Freundin. Sie ist super lieb und mega hübsch.« Vater warf mir im Rückspiegel einen enttäuschten Blick zu. Er sagte: »Och, das ist ja toll«, aber in seinen Augen war zu lesen: »Wieso erfahre ich erst jetzt davon?« *Typisch Vater.* Er meldete sich monatelang nicht, doch reagierte beleidigt, dass seine Söhne keinen Kontakt suchten. »Wie habt ihr euch kennengelernt? Erzähl mal ein bisschen von ihr.«

Ich umriss sie in wenigen Worten und merkte eine wohlbekannte, imaginäre Wand, die sich zwischen ihm und meinen Gefühlen hochzog. Ich wollte Aurora nicht mit ihm teilen, ihn nicht merken lassen, wie viel sie mir bedeutete. Er würde es zerstören, irgendwie würde er den Zauber, der in der Beziehung zwischen Aurora und mir herrschte, an sich reißen und ihn verbalisieren, ihn mit giftigen Worten füllen, bis alles starb. So wie er es mein ganzes Leben lang getan hatte.

»Jetzt erzähl doch, lass dir nicht alles aus der Nase ziehen. Kennt eure Mutter sie schon?« Vater ließ nicht locker. Ich antwortete einsilbig: »Im Zug.« Und: »Ja, hat sie.« Er merkte meinen Missmut, sah es als Herausforderung und wollte ein Bild von ihr sehen. »Doch nicht so hübsch, was?«, sagte er, als ich mich weigerte, eines herauszusuchen. Ich sagte nichts, ließ Bene sie verteidigen. Ich musste nicht mit ihr angeben, nicht vor meinem Vater. Ich wusste, sie war perfekt. Das genügte.

Er schlief auf der Couch und überließ uns sein King Size-Bett. »Amerikanisches Modell. Nur das Beste für meine Jungs.« Er wuschelte Bene in den Haaren. Ich versank in den Daunen und wünschte mir, das Wochenende wäre schon vorbei. Die Bettwäsche roch nach Weichspüler. Bene reagierte allergisch auf Tenside, die in Weichspülern enthalten sind. Ich teilte es unserem Vater mit. »Nicht schlimm, Papa«, stoppte Bene sein Fluchen. »Eine Nacht ist nicht so schlimm, das halte ich aus.« Benes Haut würde morgen aussehen, als wäre er in die Brennnesseln gefallen. Ich gab ihm meinen Hoodie zum Schlafen.

Zum Abendessen bestellten wir uns Pizza beim Lieferdienst. Bene überraschte unseren Vater mit dem selbstgemalten Bild. Der Kackhaufen sah jetzt in der Tat mehr nach einem Wollknäuel aus. »Mit Aquarellfarben«, erklärte er, während er das Bild hochhielt. Seine Finger tappten in die Farbe an den Rändern und hinterließen Fettabdrücke. Vater stellte das Bild an die Spüle und meinte, dass dort an der Wand genau die richtige Stelle dafür sei.

Mein Handy vibrierte. »Hör dir mal das Lied an«, schrieb Aurora. Ich antwortete: »Mach ich später, schlafen doch heute beim Vater.« Neben ihrem Whatsapp-Bild verschwand der Online-Schriftzug.

»Hol mir mal den Hammer, Kleiner.« Vater hielt das Bild probehalber an die Wand, bis er mit der Höhe zufrieden war. »Das nagele ich gleich an die Wand.« Bene hastete mit seinem Wasserglas in der Hand los. Wohin, wusste er nicht, aber das fiel ihm erst später auf. Ich mischte mich ein: »Das kann doch bis morgen warten. Wir müssen die Nachbarn um die Uhrzeit nicht aus dem Schlaf hämmern.« Mein Vater winkte ab. »Der Typ über mir dreht auch ständig seine Boxen zu laut auf.«

Ich konnte nicht still bleiben, sein Verhalten ärgerte mich. »Wieso musst du immer so egoistisch sein?«

»Jetzt komm mir nicht so, Junge!«

»Du denkst mal wieder nur an dich«, murmelte ich hörbar. Ich sah die Nackenmuskeln meines Vaters, sie verkrampften, lockerten und verkrampften sich. *Bin ich zu weit gegangen?*

»Du bist heute echt auf Krawall gebürstet, Luca. Ist wohl meine Entscheidung, sind schließlich meine Nachbarn.«

»Du wärst der Erste, der sich aufregt, wenn ein Nachbar um diese Uhrzeit …«

»Ich kann den Hammer nicht finden.«

»Gott!« Vater schlug das Bild auf die Spülarmatur.

Der Knall erschreckte Bene, der sein Glas fallen ließ. Das Glas landete auf seinen Zehen, sprang ab und landete auf dem Teppich, ohne zu zerbrechen. »Könnt ihr nicht *einmal* normal sein? Euch *einmal* anständig verhalten, ist das zu viel verlangt? Der eine meint, alles besser zu wissen, obwohl er keine Ahnung hat. Und der andere verträgt nicht mal Weichspüler. Was ist mit euch? Ab und zu frage ich mich echt, ob ihr wirklich meine Jungs seid.«

Ich hob das Glas auf und half Bene auf die Beine. »Hast du dir wehgetan?« Er verneinte, obwohl sein großer Zeh blutete. Ich trug ihn zur Couch, Vater verarztete ihn. Sein Tonfall klang jetzt reuevoll. Er habe überreagiert. Bene sei ein toller Kerl, dass er so tapfer mit dem Schmerz umginge. Wieso er immer alles falsch mache, fragte unser Vater mich und erwartete eine Antwort, die ich ihm nicht gab.

Es klingelte. Der Lieferant stand vor der Tür. Der Pizzageruch – Anchovis, Käse und Tomaten – lockerte die Stimmung. »Mit Essen im Magen sieht die Welt schon viel besser aus«, sagte unser Vater. Nach einem Ausraster verhielt unser Vater sich immer übertrieben gut gelaunt. Als würde er damit irgendetwas wiedergutmachen.

Er deckte den Tisch für uns, dachte an die Servietten im Regal, das Besteck in der Schublade und die Teller im Küchenschrank. Er vergaß aber, dass der Fußboden vom ausgeschütteten Wasser immer noch nass war – und rutschte aus. Die übrigen Gläser in den Vitrinen wackelten, als er hart auf dem Hintern landete. Die Teller zerschlugen am Boden.

Ich sprang auf. »Hast du dir …? Soll ich …?« Er stand auf und verschwand in seinem Schlafzimmer, ohne ein Wort zu sagen. Ich räumte die Scherben weg und wischte den Boden. Bene wollte helfen, aber ich wies ihn an, den Fuß hochzuhalten. Als unser Vater aus seinem Zimmer kam, waren seine Haare zerzaust, die Adern seiner Augäpfel gerötet. »Ich bringe euch nach Hause.« Danach sagte er nichts mehr.

Bene schluchzte schon im Auto, zu Hause warf er sich in sein Bett und wollte niemanden sehen. »Das war das letzte Mal!«, sagte meine Mutter zu Henrik. Ich stimmte ihr zu, fand ihre Reaktion begründet, verstand Benes allerdings nicht. Wieso weinte er? Er sollte unseren Vater doch langsam kennen.

Aurora hatte nicht mehr auf meine letzte Nachricht geantwortet. Ich ging ins Bett und hörte meine Mutter schnarchen, lange bevor ich einschlief.

6

Pünktlich zum Semesterstart kehrte auch der Shisha-Geruch in die Amphibie der Kaiserstraße zurück. Er strömte durch den Briefschlitz in Theos Tür auf den Gang, kräuselte sich die betonierten Wände entlang, blieb mit seinem Grapefruit- und Mentholgeruch an allen Lampen hängen. Aurora kommentierte den Geruch mit »eklig süß«, aber ich mochte ihn recht gerne – vor allem, weil ich Theo mochte.

Er teilte ständig Dinge mit mir: Frühmorgendlich ein »Schönen guten Tag, Herr Nachbar«, mittägliche Essensreste und spätabendliche Schläuche um seine Shisha. Zu später Stunde teilte er gelegentlich sogar seine Gefühle mit mir. Dann redeten wir über seinen zu frühen Haarausfall oder seine vielen Studienwechsel. »Ich mag unsere Gespräche«, sagte er in solchen Momenten, während er Rauchringe in die Luft zwischen uns blies. »Sie helfen mir, meine Gedanken zu ordnen. Falls dir einmal etwas auf dem Herzen liegt, bin ich auch gerne dein Therapeut.« Er meinte es ernst. Seine Stimme klang tiefer, wenn er es ernst meinte. »Jederzeit, Luca. Du weißt ja, wo mein Apartment ist.« Unsere Freundschaft wuchs – doch ich erzählte selten Tiefsinniges, meistens blieb ich still.

Theo erklärte mir auch, dass man einige Dinge nicht teilen konnte, man musste sie geben: Ersatzschlüssel beispielsweise oder Geburtstagsgeschenke. »Was ist mit Liebe?«, fragte ich ihn. Er runzelte die Stirn. »Auch Liebe gibt man. Und wenn man Glück hat, bekommt man eine gleichwertige zurück.« Unsere Ersatzschlüssel und Geburtstagsgeschenke gaben wir einander.

Zwar änderte sich Theos Studienfach jedes Semester, sein Werkstudentenjob blieb jedoch gleich: Pizzabäcker bei Don Fredo, einer kleinen Pizzeria mit echtem Holzkohlengrill und falschen italienischen Kellnerinnen. Zum Semestereinklang trafen wir uns dort mit Sarah zum Abendessen. Aurora würde nach ihrem Training dazustoßen. Ich freute mich darauf, sie meinen Münchner Freunden vorzustellen.

»Was studierst du denn jetzt?«, fragte Sarah Theo, der gerade eine Antipasti-Platte auf den Tisch stellte. »Was fragst du mich denn so? Immer noch Soziologie natürlich.« Auf Nachfrage meinte er, er sei nun im Nebenfach auf Geschichte umgestiegen. »Und das zählt wirklich nicht als Studienwechsel«, sprang ich ihm zur Seite und stocherte mir eine Olive. Sarah stimmte zu. »Wobei ich dein Händchen schon loben muss: Mehr als fünf verschiedene Fächer studiert und mit keinem kann man Geld verdienen.«

Sarah und ich hatten uns in der *Einführung zur Programmierung*-Vorlesung zufällig nebeneinandergesetzt und rasch bemerkt, dass wir denselben Humor besaßen: Eine Frau drei Reihen vor uns schlief mit der Stirn auf der Tischplatte, ein Student neben ihr stieß sich seinen Kopf beim Aufheben eines Stiftes bei ebenjener an, sodass die Frau erschrocken aus dem Schlaf hochfuhr, worauf der Professor dachte, sie wolle eine Frage stellen, worauf sie meinte, sie wisse nicht, wovon er redete, worauf der Professor meinte, sie müsse spezifischer sein, worauf die Frau sagte, sie habe Kopfschmerzen und müsse jetzt gehen, worauf Sarah und ich uns kugelten vor Lachen – worauf der Professor uns des Hörsaals verwies.

Sarah begegnete meiner Zielstrebigkeit mit Jovialität, ich ihrem Zynismus mit Aufrichtigkeit. Sie liebte Indie-Bands und

Tattoos, ich würde nie eine Tintennadel in meine Nähe lassen. Sie kochte so gerne wie ich aß. Sie textete mir, ich rief sie an. Sie schlief aus, während ich in der Uni saß und meine Notizen mit ihr teilte. »Ich habe dich in den Semesterferien gar nicht so vermisst, wie ich dachte«, sagte sie. »Sondern mehr«, beendete ich ihren Satz. Sie seufzte. »Kann schon sein. Der Schwarzwald ist wirklich arm an Unterhaltung.« Wir ergänzten und entwaffneten uns.

Da Theo, Sarah und ich mit dem Essen nicht ohne Aurora anfangen wollten, schrieb ich ihr: »Weißt du schon, wann du hier sein wirst?«

Nach einer halben Stunde schrieb ich erneut: »Wo bist du denn? Wir haben Hunger!«

Eine weitere halbe Stunde später ging ich vor die Tür und rief sie an. War irgendetwas passiert? War ihr etwas zugestoßen? Ich hinterließ ihr eine Sprachnachricht. Warum kannte ich die Nummer ihres Festnetzanschlusses nicht? »Aurora, bitte schreib mir sofort, wenn du das liest! Ich mache mir Sorgen!«

Wir tranken bereits den vierten Aperitif. Theo und Sarah beruhigten mich: Wahrscheinlich sei ihr Akku leer, bestimmt habe sie ihr Handy zu Hause liegen lassen, möglicherweise habe sie gerade keinen Empfang in der U-Bahn. Nichts davon beruhigte mich. Permanent starrte ich auf mein Telefon, zuckte bei jedem Lichtstrahl, der von vorbeigehenden Kellnerinnen auf mein dunkles Handydisplay geworfen wurde, auf, weil ich mir einbildete, sie habe geschrieben. Wir bestellten den Hauptgang. Ich hatte keinen Hunger mehr, suchte mir aber eine Pizza aus, die Aurora schmecken würde.

Mein Handy blinkte auf. Dieses Mal bildete ich es mir nicht ein. »Ist es Aurora?«, fragte Theo. »Was schreibt sie?«, fragte Sarah.

Sie schrieb: »Hey, sorry. Hab nicht auf mein Handy geschaut.«

Sie schrieb: »Ne, lieg schon lange im Bett.«

Sie schrieb: »Weil ich keine Lust hatte. Voll vergessen, dir zu schreiben.«

Sie schrieb: »Nein, heute will ich nicht mehr telefonieren.« Und dann noch: »Bitte sei mir nicht böse.«

Ich war ihr nicht böse. Wie könnte ich ihr jemals böse sein? Ich sah in besorgte Gesichter. »Ja, ihr geht es gut. Sie schafft es heute leider nicht mehr.« Sarah fragte, warum sie nicht geantwortet habe. *Weil sie scheinbar keine Lust hatte, mir zu antworten.* Das klang so hart, gar nicht wie Aurora. Deshalb sagte ich: »Ihr hattet recht, der Akku war leer. Außerdem hat sie schlimme Kopfschmerzen.« Sarah und Theo sollten nicht schlecht von ihr denken.

Ich wollte nach Hause, schnellstmöglich. Die Ruhe meines Zimmers wartete auf mich, die mich meine Gedanken ordnen ließ, in der ich Aurora ungestört schreiben konnte. Ich war verletzt und fühlte mich zurückgewiesen, wollte Aurora aber keinen Vorwurf machen, sie lieber an meinen Gefühlen teilhaben lassen.

Auf dem Bett liegend dokterte ich noch zehn Minuten am Wortlaut, bevor ich die Nachricht abschickte: »Aurora, ich bin dir nicht böse. Ich hätte mich nur sehr gefreut, dich heute zu sehen und dich meinen Freunden vorzustellen – damit du auch endlich einmal Gesichter zu den Namen hast. Aber es ist okay für mich, wenn du heute keine Lust darauf hattest. Man fühlt sich nicht jeden Tag gut. Nächstes Mal würde ich dich bitten, es mir einfach ehrlich zu sagen. Ich verstehe das! So habe ich mir große Sorgen um dich gemacht. Hab dich lieb. Bussi!«

Ich erwartete eine positive Reaktion von ihr, eine Nachricht, in der sie mir für mein Verständnis dankte und sich nochmals entschuldigte, mir vielleicht sogar sagte, was heute mit ihr los war. Ein bisschen rechnete ich auch mit einer negativen Reaktion. Vielleicht sah sie ihr Fehlverhalten nicht ein. Nicht erwartete ich: keine Reaktion von ihr zu erhalten.

Es war nach Mitternacht. Die zwei grauen Häkchen verspotteten mich: Aurora hatte die Nachricht erhalten, aber noch nicht angesehen. Wieso schrieb sie nicht zurück?

Meine erste Vermutung: Sie war schon schlafen gegangen, früher als sonst.

Falsch. Sie war auf Instagram online.

Nächste Vermutung: Vielleicht hatte sie ihr Handy weggelegt und war an ihrem Computer auf Instagram. Bestimmt hatte sie meine Nachricht noch gar nicht gesehen. *Bestimmt.*

Kurz vor drei Uhr entschied ich mich, schlafen zu gehen. Auf Instagram stand unter Auroras Namen »Zuletzt online vor 1 Stunde«. Auf Whatsapp verspotteten mich die beiden Häkchen noch immer.

Dritte Vermutung: Sie war schlafen gegangen, ohne noch einmal auf ihr Handy zu schauen.

Ich wünschte mir die grauen Häkchen blau. Da ploppte unter Auroras Namen der Online-Schriftzug auf. *Endlich liest sie meine Nachricht.* Die Häkchen blieben grau. Aurora war online, was bedeutete, sie hatte den Eingang meiner Nachricht gesehen und sich dennoch entschieden, sie nicht anzuschauen. Sie war um kurz vor drei Uhr online. Das bedeutete, sie schrieb sich gerade mit irgendjemand anderem um diese Uhrzeit. *Mit wem denn nur?*

Ich schrieb: »Aurora?« in der Hoffnung, dass sie darauf antworten würde. Dann: »Schatzi?«

Der Online-Schriftzug verschwand für sechs Minuten, dann ploppte er erneut auf. Die Häkchen färbten sich endlich blau: Sie las gerade meine Nachrichten. Nach weiteren acht Minuten, in denen der Online-Schriftzug verschwand, eine Antwort von Aurora aber ausblieb, textete ich erneut: »Alles in Ordnung? Wieso schreibst du nicht?«

Ein graues Häkchen. Sie hatte ihr Handy ausgeschaltet. Sie war schlafen gegangen.

Zu meiner ersten Univeranstaltung im Semester radelte ich. Ich befand mich im Energiesparmodus. Meine Wahrnehmung war reduziert. Der Englische Garten wirkte leblos, das Gras und die Blätter farblos, die bekannten Gesichter um mich herum bemerkte ich kaum. *Wieso schreibt sie nicht?* Meine Denkfähigkeit war eingeschränkt. Die Vorlesung behandelte Rechnernetze. Der Dozent formte lange Sätze, sprach über Schnittstellen und Protokolle von Transportsystemen. Ich folgte ihm nicht, fragte mich nur, ob Aurora heute auch mit dem Rad in die Universität gefahren war. *Sie liebt mich nicht mehr! Sie hat einen anderen!* Meine Geduld war minimiert. Ich kontrollierte mein Handy, zog es hektisch aus der Hosentasche, die irgendwann wegen der kantigen Hülle einriss. Eine Haarsträhne stand senkrecht von meinem Hinterkopf ab. Ich strich wieder und wieder darüber, schlug mir dabei immer mehr gegen den Kopf.

Bis Sarah meine Hand nahm und sie festhielt. »Wegen Aurora? Habt ihr noch gestritten?«, fragte sie vorsichtig. Ich wollte ihr ehrlich antworten, konnte aber nicht. Ich schob es auf Schlafmangel und laute Nachbarn. *Ich bin nicht gut genug für sie!* Wahrnehmung, Denkfähigkeit, Geduld – allesamt Einsparungen, die mehr Energie für mein Herz übrig ließen, das so fest und so schnell schlug, als wolle es allen bösen Gedanken ausweichen, als könne es vor einem heranstürmenden Schmerz flüchten. Als wusste es schon damals genauestens, was kommen würde.

»Was ist Aurora eigentlich für ein Sternzeichen?«, flüsterte Sarah und riss mich aus meinen Gedanken. »Ihr Geburtstag ist nächste Woche.«

»Oh, ein Widder.« Sarah dachte nach. »Dann hat sie einen starken Willen und weiß, was sie will.« *Ja, das passt.* Sarah fuhr fort: »Und sie liebt Wettkämpfe und konkurriert gern.« Ich nickte. *Das stimmt auch.* »Sie sieht das ganze Leben als Spiel und kann auch gut verlieren.« Ich dachte nach. *Das stimmt nicht.* Aurora musste überall die Beste sein.

»Mangelndes Selbstvertrauen«, meinte Sarah, als ich es ihr sagte. »Solche Menschen brauchen ständig Bestätigung. Kann auf Dauer anstrengend werden.« Womöglich hatte Aurora wirklich wenig Selbstvertrauen – obwohl es auf den ersten Blick nicht den Anschein hatte. Das würde ihr Verhalten erklären. Vielleicht hatte sie sich unsicher gefühlt, meine Freunde kennenzulernen. Ich hatte ihr zu wenig Sicherheit gegeben.

Ich öffnete den Whatsapp-Chat. Zwei blaue Häkchen, keine Antwort. »Aurora, es tut mir leid, dass ich mich so blöd verhalten habe. Ich wollte keinen Terror machen. Schreib mir, wann immer du möchtest.«

Die Luft des Vorlesungssaals war warm und stickig, ich fror dennoch. Ich versuchte, dem Dozenten trotz Energiesparmodus zuzuhören. Meine zitternde Hand krakelte schwer entzifferbare Notizen auf das Papier. Auf scherzhafte Bemerkungen von Sarah stieg ich nicht ein. Erst als sie wieder von Aurora redete, hörte ich hin: »Was schenkst du ihr?« Ich hatte lange überlegt. »Einen schönen Tag zu zweit. Definitiv ein Abendessen und davor vielleicht einen Ausflug. Ich arbeite gerade an einem Gedicht für sie.« Sarah musterte mich und legte ihre Hand auf meine. »Mann, dich hat es echt erwischt, Luca.« Ich stritt es nicht ab.

Die Straßenlaterne vor meinem Fenster leuchtete bereits, als Aurora antwortete. Bis dahin hatte ich mich gezwungen, ihr nicht noch einmal zu schreiben. Ich wollte mich nicht aufdrängen. Ich hatte die Krakeleien zusammengefasst und Stunden auf YouTube totgeschlagen. Zu mehr war ich den ganzen Tag nicht imstande gewesen. Selbst Hunger hatte ich keinen verspürt.

»Hey, Luca, danke für dein Verständnis. Holen wir nach. Was machst du gerade?«, schrieb sie. Keine Entschuldigung, keine Erklärung. *Was ist mit ihr los?* Stattdessen schrieben wir Belangloses. »Wann sehen wir uns wieder?«, fragte ich. Aurora war verantwortungsbewusst, Universität hatte Priorität. Die nächsten Tage wären vollgestopft mit Vorlesungen, Seminaren und Training. Am Tag vor ihrem Geburtstag hätte sie Zeit. »Noch fast eine Woche?« *Das überlebe ich nicht. Ich muss wissen, was los ist.* »Ist irgendetwas passiert, Schatz?«

Aurora ließ sich Zeit mit der Antwort. Mein Kopfkino spielte die üblichen Klassiker. *Sie liebt mich nicht mehr. Sie hatte etwas mit jemand anderem. Sie hat Krebs.* »Nein, nichts. Viel zu tun. Mach dir keinen Kopf.« Sie schickte mir ein Bild von ihren Lernunterlagen. Ihre Fingernägel an dem Bildrand sahen angeknabbert aus.

»Okay, hab dich lieb.«

Diesmal kam die Antwort schnell: »Ich dich auch. Ich bin so glücklich, dass ich dich habe, Luca.«

Der Bildschirm strahlte plötzlich wieder heller, mein Herz bekam eine Verschnaufpause. *Ich hatte überreagiert.* Kopfschüttelnd spürte ich die rebellische Haarsträhne auf meinem Hinterkopf und lachte. *Luca, du kannst nicht immer oberste Priorität haben.* Ich sollte mir wirklich weniger Gedanken machen.

Auroras Geburtstag fiel auf einen Freitag. Am Vorabend stand ich mit einem Strauß Tulpen vor ihrer Tür. »Die darfst du meinetwegen schon vor Mitternacht auspacken«, sagte ich augenzwinkernd und half ihr dabei, das Zellophan zu entfernen. Die restlichen Geschenke behielt ich noch im Rucksack. Ihre Eltern waren wie immer nicht da. »Irgendwo in Italien bei Freunden für ein paar Tage«, sagte sie. »Kann mir recht sein, dann nerven sie mich nicht.« Ich umarmte sie und atmete ihren Geruch ein.

Sie zog mein T-Shirt aus. »Und wir müssen nicht leise sein.« Sie stieß mich auf die Couch. Ihre Hände waren grob: Sie zog an meinen Haaren, kratzte meinen Rücken und drückte mir die Luft ab, als ich kam. Sie stöhnte lauter als sonst, hielt sich selbst das Kissen vor ihr Gesicht. Danach strich sie mir die Haare aus der verschwitzten Stirn.

»Oh«, sagte ich. »Es ist schon nach Mitternacht. Alles Gute zum Geburtstag, Schatz.« Ich zog ihre Geschenke aus meinem Beutel. »Ich habe noch etwas für dich.« Ich überreichte ihr die Karte und einen Bilderrahmen. »Luca, das ist super lieb von dir«, sagte sie. Das Bild zeigte uns am Ufer des Starnberger Sees, Arm in Arm. Ich lächelte in die Kamera, sie schaute mich an. In die Karte hatte ich einen Gutschein fürs Planetarium gesteckt. Ich wollte schon lange mit ihr dorthin gehen. Aurora war die Welt für mich, also fand ich es passend.

Der Karte lag noch ein selbstgeschriebenes Gedicht bei. »Bitte denk daran, ich bin kein Poet«, sagte ich, während sie es las. »Es ist ziemlich kitschig, ich weiß.«

»Danke dir, Schatz! Es ist voll süß«, sagte Aurora und packte die Karte in ihren Schreibtisch. »Echt interessant, dass du mich so siehst.« Sie schaute mich an und sah mich doch nicht.

Ich fuhr zurück in meine Wohnung. Aurora wollte am Vormittag mit ihren Freundinnen brunchen gehen und brauchte ihren Schlaf. Wenn ich neben ihr lag, schlief sie unruhiger. Wir würden uns zu ihrer Geburtstagsfeier am Abend sehen. Vor meiner Tür roch ich den Shisha-Geruch aus Theos Briefschlitz und klopfte kurzentschlossen an.

»Der Herr Nachbar ist ja noch wach. Komm rein, komm rein.« Ich setzte mich in meinen üblichen Sessel. Theos Mund bewegte sich. Die LED-Lichter über seinem Bett leuchteten orange. Ich inhalierte, ließ Auroras Reaktion auf meine Geschenke Revue passieren, hielt mir ihren Ausdruck vor Augen. Meine Gedanken stiegen auf, vermischten sich mit dem Grapefruit- und Mentholgeruch in Theos Zimmer, krochen und kräuselten sich mit Sorgen die Wände entlang, blieben mit allen Fragezeichen an den Lampen hängen.

»Was, wenn ich sie mehr liebe, Theo?«

Er antwortete: »Liebe ist kein Wettkampf.«

»Warum fühlt es sich dann so an?«

7

Ein fetter Kater lag auf den Erinnerungen an Auroras Geburtstagsfeier. Ein Nebel aus Wein, Wodka und Tequila-Shots war darunter erkennbar. Ich sah Aurora in einer Traube aus Freunden. Sie hatte mir gelegentliche Blicke zugeworfen, mich einmal geküsst. *Glaube ich.* Ansonsten war sie irgendwo gewesen, nur nicht bei mir. Das wusste ich noch, trotz Kater. »Mach dich nicht verrückt«, hatte ich mir gesagt, als ich mir das Ziel setzte, alle Flaschen durchzuprobieren. Auf dem Weg zum Club trat ich ins Leere, küsste den Gehsteig, übergab mich in einen Mülleimer. Ich hörte Auroras Lachen und einen ihrer groß gewachsenen Freunde, der nach mir schaute. Sein Abercrombie & Fitch-Parfum hatte mir den Rest gegeben. Ich hatte den anderen einen tollen Abend gewünscht, ein Taxi nach Hause genommen und war zu Helikoptergedröhne eingeschlafen.

Am nächsten Tag wachte ich ohne eine Nachricht von Aurora auf. Ich schrieb ihr: »Seit ihr gut nach Hause gekommen? Wie war es noch?« Ich saß schon im Zug nach Eglheim, bevor sie antwortete. Natürlich war es noch toll gewesen und sie hatten mega viel Spaß gehabt, natürlich hatte sie sich für mich geschämt. »Tut mir leid«, schrieb ich zurück. Danach blieb mein Handy still, nur mein Kater pochte in meinem Kopf.

Meine Mutter tischte festlich auf. »Wenn du da bist, kriegst du etwas Ordentliches.« Es gab Wildragout mit Kartoffelpüree und Blaukraut. Ich kämpfte mit der Übelkeit, stocherte nur in meinem Teller herum. »Warum isst du nichts?«

»Tu ich doch!«, sagte ich und stopfte mir demonstrativ ein paar Löffel Püree in den Mund. Ich fühlte das Essen schwer in meinem Magen liegen und meinen Kater, der es mit eifrigen Tatzen wieder nach oben zu schieben versuchte. Meine Mutter musterte mich. »Du siehst schlecht aus, Luca. Du isst nicht genug in München.« Ich stimmte ihr zu, um der Diskussion aus dem Weg zu gehen. Ich war allerdings nicht der Einzige am Tisch, der wenig Appetit hatte: Die Theatergruppe, in der Bene mitspielte, feierte heute Abend Premiere. Die Nervosität machte Bene vor Auftritten immer zu schaffen. Das schlug sich in exzessivem Beinewackeln unter der Tischplatte, Essensverweigerungen und plötzlich aus ihm herausbrechenden Bewegungen nieder. Henrik hatte vorsorglich die Wassergläser aus Benes Reichweite gestellt. »Das wird bestimmt richtig toll heute Abend«, sagte er jetzt, während er an einem Stück Wild kaute. Bene zuckte mit den Schultern. »Ich hoffe es!«

»Magst du einen Schnaps?« Benes Augen leuchteten auf. »Oh ja!«

»Henrik!«, fuhr meine Mutter ihn an. »Das muss jetzt wirklich nicht sein.« Sie hatte recht. Beim Gedanken an Schnaps kam es mir fast hoch. *Das muss jetzt wirklich nicht sein.* Meine Mutter fuhr an einen traurigen Bene gewandt fort: »Nach dem Auftritt vielleicht.« Und an mich gewandt: »Wie geht's Aurora? Hast du ihr liebe Geburtstagsgrüße von mir ausgerichtet?« Bene freute sich, ich war überrumpelt, direkt auf Aurora angesprochen zu werden. Mein Kater hatte endlich Erfolg mit seinem Essensschiebeversuch. Statt einer Antwort rannte ich zur Toilette.

Als wir die Aula betraten, entdeckte Henrik Erdflecken auf seinem Hemd. »Wo die immer herkommen?« Meine Mutter verdrehte die Augen. Je näher die Veranstaltung rückte, desto wortkarger wurde sie. Ihre Versuche, mich ins Bett zu stecken, hatte sie irgendwann aufgegeben. »Du hast einen Virus. Geh doch ins Bett und ruhe dich aus!« wurde zu: »Ja, musst du selbst wissen.« Ein Blick auf mein Handy verriet mir, dass die Vorstellung in fünf Minuten anfing – und dass Aurora mir nicht geschrieben hatte. Ich fotografierte den Saal, um ihr das Bild zu schicken. Der alte Bürgermeister stand einige Reihen vor uns und winkte meiner Mutter und mir lächelnd zu. Seine kugelrunde Wampe drückte gegen die Glatze des neuen Bürgermeisters, der auf dem Platz neben ihm saß. Ich wollte gerade auf Senden drücken, da sah ich, dass Aurora online war. Mein Kater bäumte sich wieder auf und zerkratzte die Magenwand. Warum verletzte es mich, dass sie online war, aber mir nicht schreiben wollte? *Vielleicht weil ich ihr immer schreiben würde?* Ich wollte sie nicht nerven und entschied mich, das Bild später zu schicken.

Das Theaterstück handelte von einem Werwolf, der Veganer werden wollte. Bene spielte den großen blutrünstigen Bruder des Werwolfs. Sein Talent beeindruckte mich. Noch nie hatte ich jemanden Sätze wie »Check mal die Kleine da. Die sieht zum Anbeißen aus« sagen hören – inklusive Lippenknabbern – und fand sie überzeugend. Nach der Aufführung schickte ich Aurora das Bild und wartete vor dem Backstage-Bereich mit meiner Mutter. Henrik holte bereits den Wagen. »Leg doch mal das verdammte Handy weg!« Meine Mutter machte Anstalten, es mir aus der Hand zu nehmen. »Ja, stimmt schon.« Ich steckte es in die Hosentasche, beschloss, es vor dem Schlafengehen nicht mehr herauszuholen. »Das Stück gefiel mir gut«, sagte sie. Ich stimmte ihr auch dabei zu: »Der Kleine, der Bene die Rolle des Veganers weggeschnappt hat, war auch richtig überzeugend.« Sie legte ihren Arm um mich. »Wir finden ihn trotzdem schlecht, du weißt eh.«

»Ich weiß. Für Bene.«

»Für Bene.« Sie setzte an, noch etwas zu sagen, entschied sich dann aber dagegen. Ich spürte ihren Arm um mich fester werden, und ich bildete mir ein zu wissen, was sie sagen wollte.

Zu Hause war mein kleiner Bruder zu überdreht zum Einschlafen. Ich legte mich zu ihm ins Bett, und wir schauten einen alten Spider-Man-Film mit Toby Maguire an. Bene erzählte mir währenddessen den Abend aus seiner Perspektive. Plötzlich wirkte er bedrückt. »Papa ist gar nicht gekommen«, sagte er leise. »Er hat nicht einmal angerufen, um mir Glück zu wünschen.«

»Ich wusste nicht, dass du ihn eingeladen hast.«

Bene lehnte seinen Kopf an meine Schulter. »Mir war klar, dass Mama es nicht mögen würde, aber ich habe es trotzdem getan. Jetzt bereue ich es. Ich komme mir echt dumm vor!« Ich wollte mich aufregen, wusste jedoch, dass Bene unseren Vater nur wieder in Schutz nehmen würde. Stattdessen sagte ich ihm, dass ich das Gefühl kenne, dass er aber auf keinen Fall dumm sei. »Wirklich nicht?«

»Nein, wieso auch? Ist doch sein Pech, wenn er deinen Auftritt verpasst. Es waren so viele Leute dabei. Alle fanden dich großartig.« Ich wuschelte ihm durch die Haare, die trotz Dusche noch hart vom Haarspray waren. »Lass dir von einer Person nicht den ganzen Abend versauen«, sagte ich, obwohl ich den Ratschlag selbst nicht beherzigte.

Endlich im eigenen Bett schaute ich auf mein Handy. Aurora hatte noch immer nichts geschrieben. *Luca, sie kann nicht im-*

mer nur mit dir reden. Das wird auf Dauer jedem zu langweilig. Deswegen liebte sie mich noch genauso sehr. Ich las unsere letzten Nachrichten durch: »Ich dich auch. Ich bin so glücklich, dass ich dich habe, Luca.« Ich las die Nachricht so oft durch, bis ich beruhigt war. Aurora hatte mir nicht geschrieben, andere Freunde allerdings schon: Sarah fragte mich, wie das Theaterstück war. Theo wollte wissen, ob ich noch Butter hätte, die er sich borgen dürfe. Auch eine Nachricht von Vampir-Noah wurde mir angezeigt: »Hey Luca, wieder mal in Egl? Habe dich heute im Theater gesehen. Sahst gut aus. Hast wieder mehr trainiert?« Ich antwortete keinem, sondern legte das Handy weg. Wieso waren mir alle anderen Freunde gleichgültig, solange Aurora nicht schrieb? Und wieso zweifelte ich so sehr an Auroras Gefühlen, obwohl sie mir sagte, dass sie mich liebte? Für Benes Fragen fand ich Antworten, für meine eigenen nicht. Ich fühlte eine Trauer, die mich quälte, weil sie nicht zu mir gehörte.

War ich immer noch verkatert, oder warum fühlte ich mich so miserabel?

8

Freitag

Hahaha, wie bitte? Von was redest du? (17:43)
Da lief genau gar nichts! Wie du immer auf solche Ideen kommst ... (17:44)
Du denkst mal wieder zu viel nach, Schatz? (17:45)

(Verpasster Sprachanruf um 17:47)

Hallo? (17:48)

Luca? (17:48)

(Verpasster Sprachanruf um 17:49)

(Verpasster Sprachanruf um 17:51)

Schatz? (17:52)

Nimm doch bitte ab! Ich will es erklären! (17:53)

Bist jetzt echt sauer oder wie? (17:53)

Mann, Luca? (17:55)

(Verpasster Sprachanruf um 18:02)

(Verpasster Sprachanruf um 18:03)

(Verpasster Sprachanruf um 18:05)

(Verpasster Sprachanruf um 18:05)

(Verpasster Sprachanruf um 18:26)

??? (18:28)

??????? (18:52)

Das hat doch nichts zu bedeuten, Luca! (18:54)

Wieso regst du dich da jetzt so darüber auf? (18:54)

Was hat dir die Petra denn genau geschrieben? Die Hälfte davon stimmt sicher überhaupt nicht! (18:55)

Die war selber mega betrunken. Das hast du vielleicht sogar noch mitbekommen, Schatz. (18:55)

Ich liebe dich, Schatz! Jetzt mach keinen Scheiß! (19:12)

Du machst mir Angst! (19:13)

(Verpasster Sprachanruf um 19:15)

(Verpasster Sprachanruf um 19:17)

Luca??? (19:18)

(Verpasster Sprachanruf um 19:19)

(Verpasster Sprachanruf um 19:20)

(Verpasster Sprachanruf um 19:25)

Verdammt, Luca??? (19:25)

Nimm bitte ab!! (19:25)

Ich seh doch, dass du die Nachrichten anschaust! Dann antworte bitte! Wenigstens das! (19:26)

Was kann ich tun, um es wiedergutzumachen? (19:26)

Wenn ich die Zeit zurückdrehen könnte, würde ich es tun! (19:26)

Du bist mir das Wichtigste in der Welt, Schatz! (19:29)

Ich liebe dich so sehr! (19:29)

Mann, es tut mir so unfassbar leid! (19:31)

Es war eine dumme Wette, okay? Ich dachte nicht, dass es dir etwas ausmachen würde! (19:31)

Es war nicht viel mehr als ein Kuss. (19:32)

Also es war halt wirklich nur ein Kuss! (19:32)

Egal, was Maria erzählt hat! (19:32)

Und er hat auch auf dem Boden geschlafen, nirgendwo bei mir im Bett. Und auch nur, weil in der Nacht keine S-Bahnen mehr gefahren sind! (19:35)

Glaubst du mir, Luca? (19:35)

Bitte glaub mir doch! (19:36)

(Verpasster Sprachanruf um 19:39)

(Verpasster Sprachanruf um 19:44)

(Verpasster Sprachanruf um 19:45)

Mann, ich werde verrückt! (19:45)

Ich seh doch, dass du's liest! (19:45)

Ich schreib jetzt einfach weiter, bis du mir antwortest! (19:47)

Du bist die Welt für mich, Luca! Es gibt niemand Besseren! (19:47)

Du unterstützt mich, du liebst mich, du bist intelligent, du bist aufrichtig! (19:48)

Du bist toll im Bett!! (19:48)

Du hältst meine abweisenden Ego-Phasen aus! (19:48)

Dafür möchte ich mich auch entschuldigen! Das ist nicht fair dir gegenüber, und ich verspreche, dass ich mich bessern werde! (19:49)

Gib mir bitte noch eine Chance, Luca! (19:49)

Bitte!!! (19:49)

Fuck! Ich dreh durch! (19:49)

Ich hasse mich dafür! Bitte ignorier mich nicht! (19:50)

Ich habe es verdient, ich weiß! Aber bitte! Ich halt das nicht aus! (19:51)

Ich tu alles, damit du mir verzeihst! (19:51)

Glaub mir bitte, es hat genau gar nichts bedeutet! Es war eine dumme Wette unter dummen betrunkenen Freunden, und da war nichts weiter dabei! Er hat gewettet, dass ich das Glas nicht exen kann. Und ich habe es nicht geschafft, also musste ich ihn dafür küssen. (19:54)

Kannst du mir das glauben? Kannst du das verstehen? (19:54)

Luca, jetzt bitte! Du tust mir weh! Ich habe Angst! (19:56)

Angst um uns! (19:56)

Liebst du mich nicht mehr? (19:57)

Fuck, es tut mir so leid!! (19:57)

Ich hasse mich gerade selbst so sehr! (19:57)

Ich bin die ganze Zeit so am Weinen. Ich will dich nicht verlieren, Luca! (20:00)

Du bist das Beste, was mir je passiert ist! (20:01)

Dich neben mir liegen zu haben, deinen Herzschlag zu hören! (20:01)

Neben dir aufzuwachen, deinen Geruch, dein süßes Grinsen! (20:02)

Ich vermisse dich! (20:02)

Bitte verlass mich nicht! (20:02)

Ich habe es verdient, ich weiß, aber bitte!! (20:02)

Ich kann nicht ohne dich! (20:02)

Halt nicht so gut! Ich will einfach nicht ohne dich sein! (20:03)

Bitte gib mir eine zweite Chance! ES WIRD NIE WIEDER PASSIEREN! (20:03)

Ich schwöre auf mein Leben und auf alles, was mir heilig ist! (20:04)

Auf meine Zukunft, meine Familie, meine Schwimmkarriere! Alles! (20:05)

ICH LIEBE DICH!! (20:05)

(Verpasster Sprachanruf um 20:05)

(Verpasster Sprachanruf um 20:07)

(Verpasster Sprachanruf um 20:07)

(Verpasster Sprachanruf um 20:08)

(Verpasster Sprachanruf um 20:10)

(Verpasster Sprachanruf um 20:32)

(Verpasster Sprachanruf um 20:37)

(Verpasster Sprachanruf um 20:43)

(Verpasster Sprachanruf um 21:47)

(Verpasster Sprachanruf um 21:49)

Schatziiiii!!??!!?? (21:49)

Hör auf, Aurora. Du machst dich lächerlich! (22:56)

Du hast mich angelogen, mein Vertrauen missbraucht. Ich muss darüber nachdenken. Ich brauche Zeit. (22:57)

Klar, Schatz! Nimm dir so viel Zeit, wie du brauchst! (22:57)

(Verpasster Sprachanruf um 22:57)

Der Anruf war ein Versehen! (22:58)

Ich lass dir Zeit! (22:58)

Ich bin immer für dich da, Schatz! (22:58)

Okay (23:07)

Schreib mir bitte nicht mehr. (23:10)

Sonntag

Aurora, ich möchte dich sehen. Kein Schreiben, kein Telefonieren, sondern persönlich. (22:01)

Ich bin die Woche noch in Eglheim bei meiner Familie. Kannst du herkommen? (22:03)

Montag

Ja, kann ich. (02:11)

Am Samstag aber erst – hab noch Uni und Training (02:12)

Samstag ist gut. (02:19)

Bis dann (02:21)

Bis dann, Luca (02:25)

Gestern

Luca, soll ich nur kommen, damit du mit mir Schluss machen kannst? (21:15)

Dann komme ich nämlich nicht. (21:16)

Komm einfach, Aurora. (21:20)

Das beruhigt mich nicht wirklich! (21:20)

Tut mir leid (21:21)

9

Verliebtsein: eine unschuldig klingende, neuzeitliche Betitelung grenzenlosen Wahns. De facto: ein furchtbares Gefühl. Verliebte waren depressive Junkies, die händeringend nach ihrem nächsten Fix suchten. Sich ihrer eigenen Erbärmlichkeit nicht bewusst, sich dieser Sucht hoffnungslos ausliefernd. Jeder Streit mit der geliebten Person: eine Tragödie. Jede Versöhnung: eine Einkehr ins Nirwana mit der Hoffnung auf Glück und Zufriedenheit.

Also hoffte ich. Ich hoffte wider meine Intuition und lud Aurora nach Eglheim ein. Ob Nirwana oder Tragödie wusste ich nicht. Wie konnte ich ihr verzeihen, ihr das Vertrauen schenken, das nicht mehr existierte? Es gab zehntausende Arten, Liebe zu zeigen, stattdessen betrog sie mich. *Wenn ich nur verstehen würde, warum sie es getan hat. Dann könnte ich verzeihen.* Es zehrte an mir. Ich wälzte mich in meinem Bett, schweißüberströmt und frierend, meine Laken so verheddert wie meine Gedanken. Ich war ein Junkie, meine Spritze war leer – dennoch stach ich mich ohne Unterlass. Aurora sagte mir, sie liebe mich. Wie konnte man jemanden von ganzem Herzen lieben und trotzdem mit einer anderen Person intim werden?

Bene klopfte an meine Zimmertür, ich antwortete ihm nicht: Er ging. Henrik klopfte, ich blieb still: Er ging. Meine Mutter klopfte, wartete nicht auf eine Antwort und öffnete die Tür. Sie riss die Vorhänge auf und setzte sich an mein Bett. Mit gerunzelter Stirn fragte sie mich: »Was ist mit dir los?« Plötzlich brach es aus mir heraus, und ich weinte hemmungslos. Meine Mutter blieb bei mir, hielt mich fest, auch als ich dachte, der

Schmerz würde mich zerreißen. Sie stellte die richtigen Fragen, auf die ich wie immer keine Antworten hatte: »Ist sie das wirklich wert, Schatz?«, »Warum lässt du das mit dir machen?« und: »Wo soll das mit euch hinführen?« Das Schluchzen half: Meine Gedanken ordneten sich, ich atmete wieder freier.

Ich erklärte mein Handy zur Sperrzone. Es stresste mich, jede Minute eine Nachricht von Aurora aufblinken sehen zu können. Jede Minute darauf zu hoffen.

Von Markus' Grillfest erfuhr ich erst, als er persönlich vorbeikam. »Du hast die Nachricht nicht angeschaut.« Madlene hatte er ausnahmsweise zu Hause gelassen. Er erzählte mir von den sieben Kilo Fleisch, die in seiner Tiefkühltruhe darauf warteten, auf den Grill geschmissen zu werden. »Würde uns freuen, wenn du kommst.« Früher hätte er meine verquollenen Augen bemerkt und mich gefragt, warum ich mein Handy nicht dabeihabe. Heute interessierte es ihn nicht mehr. Seine Madlene regierte seine Gedanken wie Aurora die meinen. »Ich bin zurzeit kein guter Partygast, Markus.« Er hörte mich nicht. »So viele Leute haben wir nicht eingeladen. Wird ein chilliger Abend«, sagte er. Ich wollte hingehen, ich wollte nicht hingehen. Schlussendlich drängten mich die mitleidigen Blicke meines Bruders aus dem Haus.

Madlene empfing mich überschwänglich. »Luca, schön, dass du da bist. Setz dich hin, wir bringen dir gleich was zu trinken.« Sie reichte mir einen Plastikbecher mit meinem Namen darauf – Plastikteller und Besteck lagen auf den Tischen bereit. Ich grinste beim Gedanken an Sarah, die sich bei dem vielen Plastikmüll totärgern würde. Ich hatte Sarah noch nichts von Auroras Betrug erzählt. Vermutlich würde sie sich auch darüber totärgern. »Möchtest du ein Bier?«, fragte Madlene. Ohne eine Antwort abzuwarten, drückte sie mir eine Flasche Bier in die Hand und wies mich in eine Richtung. Ich setzte mich auf eine Bierbank, die spürbar in den Rasen einsank. Madlenes Freundinnen waren die einzigen Gäste außer mir. Sie versuchten, mich in ihre Unterhaltung miteinzubeziehen, gaben aber bald auf. Markus löste sich kurzzeitig vom Grill und brachte uns die ersten Fleischstücke. Für die Hälfte der Freundinnen gab es Seitanburger. »Dir kann ich wenigstens ein ordentliches Stück Fleisch geben.« Markus stieß mit mir an. »Die anderen sollten auch gleich da sein. Sie hatten noch ein Spiel.« Offenbar hatte er unsere ehemaligen Volleyball-Kollegen eingeladen. Ich hoffte, dass Noah nicht dabei sein würde. Doch natürlich war er der Erste, der seinen Kopf durch die Tür streckte. Seine Sporthose war so kurz – genauso gut hätte er keine anziehen können.

»Luca«, sagte er. Wir begrüßten uns mit einem knappen Handschlag. «Ich habe mich schon gefragt, ob du auch hier bist.« An Madlene gerichtet fuhr er fort: »Wie geil es hier riecht. Ich freu mich schon so auf das Essen.« Noch bevor er saß, hatte Noah ein Stück Rindfleisch im Mund. Er presste sich neben mich auf die Bank, obwohl kaum Platz war. In einer ruhigen Minute taxierte er mich. »Ich habe gestern Nacht von dir geträumt«, flüsterte er, während er sich eine Portion Couscous-Salat auf den Teller schöpfte. »Worum ging's?« Beiläufig legte Noah seine Hand auf meinen Oberschenkel. »Ich denke, das weißt du schon.« Er gluckste und verschluckte sich beinahe. *Schau, Aurora, er findet mich attraktiv.* Ich lachte auch, doch es schmeckte nicht. »Was macht deine Freundin eigentlich heute

Abend?«, fragte Noah. »Wieso ist sie nicht hier?« Ich schob seine Hand von meinem Schenkel und stand auf.

Nach meinem achten Bier wollte Markus mir keines mehr bringen. Also holte ich es mir selbst. Mit der Bierflasche in der Hand suchte ich nach dem Flaschenöffner. Für einen Moment fühlte ich meine Hosentasche vibrieren, doch mein Handy lag zu Hause. *Hat Aurora noch mal geschrieben?* Ich musste nach Hause und nachsehen. Ich setzte ein Alibi-Grinsen auf, torkelte durch den Garten zum Tor und rammte mit der Schulter dagegen. »Luca, alles okay bei dir?« Noah stellte mich gerade. »Gib mir die Bierflasche. Denkst du nicht, du hast genug?« Markus war auch da. Er redete viel zu laut: über mich, über Alkohol, über Madlene … Was interessierte mich Madlene? Ich musste auf mein Handy schauen. »Ich gehe jetzt nach Hause«, kündigte ich an. Noah begleitete mich. »Ich wohne nebenan, das schaffe ich auch alleine.«

»Klar schaffst du das, aber ich komme trotzdem mit.« Ich spürte Noahs Hand auf meiner Schulter. *Noah gefalle ich. Er würde am liebsten mich küssen, keinen anderen Kerl.*

»Was?«, fragte Noah. »Ich habe nichts gesagt«, erwiderte ich. »Doch, hast du. Und klar gefällst du mir. Sonst wäre ich jetzt nicht hier bei dir, sondern mit den anderen. Geht es dir wirklich gut?« Ich kramte meinen Haustürschlüssel hervor. »Oh, das freut mich zu hören«, sagte ich und ignorierte seine Frage. Er half mir, das Schlüsselloch zu finden.

Die Räume waren dunkel, sogar meine Mutter schlief schon. Fern von möglichen Blicken wanderten Noahs Hände, er fasste mich an der Hüfte, zog mich zu sich. *Hat Aurora sich auch so gefühlt?* Sein Atem schlug gegen meinen Hals, raue Fingerspitzen fuhren über meine Wangen. »Soll ich aufhören?«, flüsterte er mir ins Ohr, biss in mein Ohrläppchen. Ich legte eine Hand auf seine Brust, bemerkte die feinen Härchen darauf. *Ich will es verstehen.* Süßer Barbecue-Geruch in meiner Nase, seine übertriebene Körperwärme an meiner Haut. *Ich muss es verstehen!* Ich küsste ihn.

Als er gegangen war, weinte ich. Meine Mutter fand mich auf der untersten Treppenstufe. Sie zog mir die Schuhe aus, fragte mich, ob etwas passiert sei. Ich konnte ihr unmöglich von Noah erzählen, dann wüsste sie, was für ein furchtbarer Mensch ich war. Ich ekelte mich vor mir selbst. Ich duschte, putzte mir die Zähne, wusch meinen Mund aus – der Barbecue-Gestank verschwand nicht. So schlimm fühlte es sich an, jemanden zu hintergehen, den man liebte. *Warum machst du es dann, Aurora? Warum machst du es dann?*

Am Samstag versteckte sich die Sonne hinter dichten Wolken. Aurora scherte das nicht: Sie trug ein weißes Blumenkleid. Ein Träger rutschte ihr ständig von der Schulter. Sie unterbrach ihren Redefluss, wenn sie ihn hochzog. »Luca, ich möchte noch einmal sagen, wie leid es mir tut. Dass du dich so … « Sie zog ihren Träger wieder hoch. » … so schlecht gefühlt hast wegen mir. Ich hab Mist gebaut. Das hast du nicht verdient. Kannst du … « Träger nach oben. » … kannst du mir verzeihen? Bitte verzeih mir. Ich liebe dich. Ich hoffe, du weißt das!«

Wir aßen zu Mittag: Meine Mutter und Bene saßen mit am Tisch. Henrik steckte in Arbeit fest, daher übernahm Aurora seinen Platz. Meine Mutter war außergewöhnlich freundlich zu Aurora. Sie stellte ihr viele Fragen, wirkte interessiert. Bene hingegen beobachtete Aurora und sagte wenig. Ich wusste nicht, was ich reden sollte, und war froh, dass wir nicht alleine miteinander waren. Als meine Mutter uns abends Gute Nacht wünschte, umarmte sie Aurora wie zum Abschied. In ihrem Kopf war der Ausgang unseres Gesprächs bereits klar.

Aurora saß vor mir, redete, entschuldigte sich. Sie weinte nicht. Vielleicht kam ihr rutschender Träger dazwischen. Ich hatte Aurora noch nie so viele Worte auf einmal sagen hören. Wieso musste sie erst das Gefühl haben, sie könnte mich verlieren, bevor sie mit mir sprach? Ich wollte sie in den Arm nehmen, sie meine Liebe spüren lassen – aber was dann? Ihre Worte waren zu spärlich und kamen zu spät. Ich zweifelte an ihrem Wahrheitsgehalt. Auch daran, dass es nie wieder passieren würde. »Ich kann heute Nacht auf der Couch schlafen und morgen wieder nach Hause fahren«, sagte sie und legte sich auf die Couch. Ich löschte das Licht.

Mein Herz pochte, die Dunkelheit legte sich mit kalten Fingern um meinen Hals und drohte mich zu ersticken. Würde sie einfach verschwinden? Wie mein Vater nach der Scheidung meiner Eltern. Ich hatte geglaubt, mein Leben würde immer bleiben, wie es war. Damals täuschte ich mich. Heute kannte ich die Welt ein wenig besser. Doch eine Welt ohne Aurora, ohne *meine* Aurora: unvorstellbar.

Außerdem hatte ich sie genauso hintergangen wie sie mich. Wie konnte ich über sie urteilen? Sie betrog mich, um mit jemand anderem zusammen zu sein. Ich betrog sie, um mit ihr zusammen bleiben zu können – aber war da wirklich ein Unterschied?

Ich stand auf. Ich umarmte sie. Ich begann zu verzeihen.

Sie hielt mich die ganze Nacht.

10

Die Semesterprüfungen rückten näher. Nach einem sonnigen Juni ausgefüllt mit Schwimmen und Volleyball erleichterte uns ein verregneter Juli das Lernen. Sarah und ich verbrachten die meiste Zeit über unsere Laptops gebeugt mit heruntergelassenen Jalousien und Unmengen Kaffee. Wir codeten, löschten, codeten um, löschten, codeten neu, löschten, diskutierten und googelten uns zu den richtigen Ergebnissen. »Eines weiß ich jetzt«, sagte Sarah nach einem lernintensiven Nachmittag. »Inder machen einfach die besten Erklärvideos.«

Obwohl wir gut mit dem Lernstoff vorankamen, schlief ich schlecht: In meinen Träumen sah ich mich Striche in ein Heft zeichnen. Es war wichtig, dass sie möglichst gerade waren – aber sie wurden alle schief und krumm. Wenn Aurora neben mir lag, schlief ich besser. Ihr Körper neben mir beruhigte mich. Sie schlief immer sofort ein, während ich oft lange wach lag. Aus Rücksicht auf sie las ich keines meiner Bücher. Stattdessen betrachtete ich sie: Das Heben und Senken ihrer Brust, das zum Schlafen zurechtgelegte Haar, ihren leicht geöffneten Mund. Wenn sie schlief, war alles gut.

Auch am Wochenende klingelte Auroras Wecker um sieben Uhr. Oft machte sie mein Frühstück, bevor sie in die Bibliothek fuhr. An den Krümeln auf dem Esstisch erkannte ich, welches Gebäck sie nicht teilen wollte. Seit Beginn der Prüfungszeit spürte ich Auroras Eifer nach Erfolg mehr denn je. Alles andere musste hintenanstehen. *Ich weiß, sie sieht diesen Erfolgswillen auch in mir. Ich darf kein Versager sein, wenn ich mit ihr zusammenbleiben möchte.* Lernen und Training ließen nur wenig Zeit für uns. Ich sah Aurora an den Wochenenden. Wir quetschten uns in meine Küchennische, kochten und aßen viel, aber redeten wenig und berührten uns kaum. Der Lernstress hatte gegenteilige Auswirkungen auf uns: Ich wollte ständig mit ihr schlafen, sie nie mit mir. »Luca, ich habe jetzt keinen Kopf dafür«, sagte sie nach einem Tag an der Uni. »Ich bin viel zu erledigt. Ich möchte jetzt einfach nur noch schlafen«, sagte sie nach ihrem Schwimmtraining. »Dafür ist keine Zeit. Ich muss jetzt sowieso los, Luca«, sagte sie morgens, wenn ich meine Arme um ihre Beine schlang und sie im Bett behalten wollte.

Auf den Bildschirmen in den U-Bahnen spamten Reiseveranstalter Fahrgäste mit Werbungen von weißen Stränden und Luxushotels zu Billigstpreisen zu. Aurora und ich hatten noch keinen gemeinsamen Urlaub miteinander verbracht. Ich checkte mein Bankkonto und machte ihr einen Vorschlag: »Nach meiner letzten Klausur fahren wir in den Urlaub. Nur wir beide. Wohin auch immer du willst.« Mir schwebte ein südliches Land wie Spanien oder Italien vor, aber Aurora liebte die Kälte, also war ich auch mit einem Land in Nordeuropa zufrieden. Aurora legte mir eine Hand auf die Wange, und ich wusste bereits, dass mir ihre Antwort nicht gefallen würde. »Voll gern, Luca. Ich habe nur schon Urlaubspläne mit meinen Mädels. Wir machen einen Badeurlaub in Rimini, falls dir das was sagt.« Ich konnte es nicht fassen. *Ohne mich überhaupt zu fragen!* Für einen zweiten Urlaub habe sie kein Geld. Das sei das letzte Mal vor ihrem Abschluss, dass sie mit ihren Freundinnen von der Universität in den Urlaub fahren könne. Ich solle versuchen, mich für sie zu freuen. »Ich hätte es dir schon eher gesagt, aber ich wusste, dass du dich nur wieder aufregen wirst.« »Was ist das für eine Rechtfertigung?« Ich schlug die Decke und ihren Arm weg, bevor ich aus dem Bett sprang. »Du bist so was von egoistisch. Dich kümmert es nicht, wie es mir geht.« »Das ist ungerecht«, sagte Aurora. »Das stimmt nicht. Du bist mir sehr wichtig, Luca. Ich liebe dich.« *Davon spüre ich nicht viel.* Sie sagte es zwar, aber meinte sie es auch? Ich hatte schon oft überlegt, ob Aurora auf eine andere Art liebte als ich: weniger intensiv, weniger tief. Konnte sie mich überhaupt so lieben wie ich sie?

Aurora kam zu mir und zog mich zurück ins Bett. Sie legte ihren Kopf auf meine Brust. »Ich weiß nicht, ob das mit uns funktioniert, Aurora«, sagte ich, ein Gewicht auf meiner Brust, das viel schwerer war als Auroras Kopf. Sie dachte über ihre Antwort nach. »Solange ich hier liege, Schatz. Solange ich hier liege und dich rieche, weiß ich, dass alles gut wird. Dass wir alles hinbekommen. Habe Geduld mit mir. Ich lerne noch.« Ich fühlte sie bei mir und ignorierte mein Gefühl, das mir sagte, dass sie es nicht war.

Am Tag vor unserer ersten Klausur lud Theo Sarah und mich zu einer Entspannungs-Shisha ein. Ich erzählte den beiden von Auroras Urlaubsplänen. Ich genoss es, dass sie ihr Verhalten genauso taktlos fanden. »Echt mal, Luca. Das ist nicht in Ordnung«, sagte Sarah. »Hätte sie halt offen mit dir darüber geredet, anstatt einen ganzen Urlaub hinter deinem Rücken zu planen.« Theo stimmte ihr zu: »So was geht echt nicht. Richtig kindisch von ihr.« Ich zog an der Wasserpfeife, sagte nichts. »Wieso bist du eigentlich mit ihr zusammen, Luca?«, fragte Sarah. Da musste ich nicht nachdenken. »Weil ich sie liebe. Und weil ich nicht ohne sie kann.« Ich sah den Blick, den Sarah Theo zuwarf, und fügte hinzu: »Und es funktioniert ja, Leute. Sie bessert sich doch ständig.« Theo setzte sich von seinem Sessel zu mir auf den Teppich. Er legte eine Hand auf meine Schulter. »Du lügst, Luca – nicht uns gegenüber, sondern gegenüber dir selbst.«

11

Mein Vater rief an und sagte, dass er mich gerne in München besuchen kommen würde. Er habe mir auch eine Postkarte von seiner letzten Reise nach Singapur geschickt: »Mit kleinen roten Dschunken darauf und einem Stempel vom deutschen Konsulat.« Ich sagte ihm, dass ich sie für eine Werbewurfkarte gehalten und weggeworfen habe. Schließlich hatte ich nicht mit einer Postkarte gerechnet. Außerdem, sagte ich, sei ich im Lernstress. Nach den Prüfungen könne er vielleicht vorbeischauen. Ich fügte noch hinzu: »Aber Bene würde sich über einen Besuch von dir freuen.« Mein Vater legte kommentarlos auf. Erst später erfuhr ich, dass meine Mutter ihm von Bene ausgerichtet hatte, dass er ihn nicht sehen wollte. Ob Bene das wirklich nicht wollte oder meine Mutter es nur behauptete, wusste ich nicht. Ich fragte nicht nach.

Die letzte Klausur schrieb ich im Hauptgebäude. Hörsaal A210 war bekannt für seine warme, stickige Luft. Sarah hatte immer drei Mineralwasserflaschen in ihrem Jutebeutel, aber sie hatte sich kurzfristig entschieden, die Klausur nicht mitzuschreiben. Meine Wasserflaschen hatte ich nach einer halben Stunde leer getrunken. Schweißperlen ließen die Fragestellungen auf meinem Papierbogen verschwimmen. Umsichtig schrieb ich um die nassen Stellen herum.

Ich bemühte mich, meine Konzentration zu bewahren, aber Aurora hatte seit zwei Tagen nicht mehr geschrieben. Sie war letzte Woche nach Rimini gefahren. Mit dabei waren dieselben Mädchen, die auch bei ihrem Geburtstag herumstanden, als sie mich betrogen hatte. Nur Petra, die mir vom Fremdknutschen erzählt hatte, fuhr nicht mit. Auf Nachfrage meinte Aurora, Petra habe keine Zeit. »Sie fährt mit ihrem Freund in den Urlaub.« Ich versuchte, nichts in diese Tatsache hineinzuinterpretieren. Ich versuchte, kein schlechtes Gefühl aufkommen zu lassen und mich auf meine letzte Klausur zu konzentrieren. Ich versuchte es vergeblich. Fünfzehn Minuten vor Abgabe gab ich meine Klausur dem Prüfer. Es war keine Glanzleistung, aber bestehen würde ich wohl.

Sarah wartete vor dem Hörsaal auf mich. Statt einer Mineralwasserflasche holte sie zwei Bier aus ihrem Beutel. »Ich dachte, wir starten heute etwas gemächlicher.« Mein Wassermangel ließ den Alkohol schnell einfahren. Als wir Theo in der Pizzeria begrüßten, wunderte er sich über unseren Pegel. Er orderte für uns die übliche Antipasti-Platte. »Luca, wie fühlt es sich an, seine letzte Klausur tatsächlich geschrieben zu haben?«, fragte Theo mit einem Seitenhieb auf Sarah. »Wie fühlt es sich an, Luca?«, sagte Sarah postwendend. »In zwei Semestern endlich mit dem Bachelor fertig zu sein und nicht deine ganzen Zwanziger mit Achtzehnjährigen verbringen zu müssen?« »Touché«, sagte Theo. »Falls euch die Antwort wirklich interessiert«, sagte ich. »Es fühlt sich richtig gut an. Endlich Semesterferien!« Wir aßen und quatschten, bis Theo weiterarbeiten musste. Er ließ uns mit vier Amaretto-Shots sitzen. »Das lass ich mir gefallen«, sagte Sarah, und wir tranken aus.

Auf dem Weg zur U-Bahn fragte ich Sarah, ob ich die heutige Nacht bei ihr verbringen könne. Der Gedanke war mir gerade erst gekommen. »Ich möchte gerade nicht angetrunken und alleine mit meinen Gedanken sein.« Sarah verstand, warnte mich aber vor ihrem Saustall zu Hause. »Ich habe keinen Besuch erwartet. Vor allem keinen Männerbesuch. Ist es schlimm, dass ich verschiedenfarbige Unterwäsche anhabe?« Sie streckte mir die Zunge heraus. Ich umarmte sie. »Danke dir!«
»Immer doch, Luca!«

Die nächsten Tage verbrachte ich zu Hause in Eglheim. Ich dachte permanent an Aurora. Sie schrieb sehr unregelmäßig, antwortete nur nachmittags, wollte nie telefonieren. Ihre Bilder zeigten sie am Strand mit ihren Mädels, keine Männer in Sicht. Bene schlief jede Nacht bei mir. Er redete, während ich langsam wegdöste. In meinen Träumen putzte ich mit meiner Zahnbürste fremde Toiletten. Ich wachte erst auf, als Bene mir im Schlaf die Decke wegzog. *Aurora klaut nie meine Decke. Sie ist eine rücksichtsvolle Schläferin.* Mit Markus und Madlene spielte ich Volleyball. Wir ließen Luft aus dem Ball, damit er nicht zu hart für Madlene war. Die beiden küssten sich auffällig oft. Ich verbrachte viel Zeit im Garten mit Henrik, der sich über meine Gesellschaft freute. Er berichtete mir von dem Deutschrap, den seine Schüler hörten und der ihn nervte. Trotzdem pfiff er gedankenverloren Takte davon.

Auf dem Weg nach Hause vom Supermarkt erkundigte sich meine Mutter nach meinen Klausuren. Dann sagte sie: »Ich hoffe, Aurora hat dich nicht zu sehr vom Lernen abgehalten.« Meine Mutter hatte mit mir nicht mehr über sie gesprochen, seitdem sie uns in Eglheim besucht hatte und ich mich dagegen entschieden hatte, mit ihr Schluss zu machen. Meine Mutter klang freundlich, aber ich hörte ihre Abneigung gegen Aurora heraus. »Nein, ganz und gar nicht. Sie ist fleißiger als ich«, antwortete ich.

»Gut. Wenigstens das.« Ich überging die Spitze. Sie bog in unsere Einfahrt ein, stellte den Motor ab, blieb aber sitzen. Ich wartete. »Mein erster, richtiger Freund vor eurem Vater …«

»Rainer?«

»Genau, Rainer. Ich war sehr verliebt in ihn. Er hat mir meinen ersten Job verschafft. Aber Rainer und ich stritten auch oft. Wir waren nicht richtig füreinander. Ich habe lange gebraucht, bis ich es erkannt habe.« Plötzlich wollte ich nur noch aus dem Auto aussteigen, aber ich blieb sitzen. Meine Mutter würde mir nur nachkommen. »Ich habe es beendet. Er war natürlich verletzt …«

»Klar war er verletzt, Mama«, unterbrach ich sie. »Keine drei Monate später warst du mit meinem Vater zusammen.« Meine Mutter sah mich mit müden Augen an. Sie zündete eine Zigarette an. »Was ich sagen möchte, ist: Obwohl es nicht immer toll war mit Rainer, bin ich ihm sehr dankbar für die gemeinsame Zeit. Auch für den Job, den ich durch ihn bekommen habe. Aber letzten Endes haben wir nicht zusammengehört. Daran können auch Gefühle nichts ändern.« Ich wusste genau, worauf sie hinauswollte. *Ich will das nicht hören.* »Und mit meinem Vater war es besser, oder wie? Mit dem hast du offensichtlich auch nicht zusammengepasst.« Sie griff nach meiner Hand und drückte sie – eine Bewegung, die ich schon seit Kindestagen von ihr kannte. Meine Mutter umarmte wenig, sie drückte Hände. »Für die Zeit mit deinem Vater bin ich auch sehr dankbar. Er hat mir das Beste in dieser Welt gegeben: dich und Bene. Aber dennoch waren wir nicht die Richtigen füreinander. Ich wollte deinem Vater lange helfen, aber irgendwann musste ich anfangen, an euch zu denken.« Sie drückte meine Hand nun so fest, dass es beinahe schmerzte. »Was soll mir das jetzt sagen?«, fragte ich sie. Meine Mutter aschte aus dem Auto. Sie überlegte kurz: »Mach dir keine Sorgen über das Morgen, Luca. Lebe im Hier und Jetzt. Falls du glücklich bist: Lass alles, wie es ist! Aber wenn du es nicht bist: Dann ändere etwas!«

»Das ist leichter gesagt als getan«, erwiderte ich.

»Wenn es leicht wäre, würde es jeder tun, Schatz.« Da umarmte sie mich doch.

Mit dem Auto meiner Mutter fuhr ich nach München. Ich hatte keine Zeit zum Kochen, Auroras Flieger landete bald. Ich bestellte bei Auroras Lieblingsasiaten. Am Gate sprang Aurora mir in die Arme. Ihre Haut war kühl von der Klimaanlage, braun von der Sonne. Wir küssten uns, sie strahlte mich an. »Hi, Schatz! Hast du mich vermisst?« Ich lud auch ihre Freundinnen ins Auto und brachte sie nach Hause. Im Auto unterhielten sie sich über den Urlaub. Ich hörte aufmerksam mit. Scheinbar hatten sie eine schöne Zeit inklusive geilem Strand und abgefahrenen Partys. Männer wurden nicht erwähnt.

In meiner Wohnung packte ich Auroras Klamotten aus dem Koffer in die Waschmaschine. Sie saß in Unterwäsche

auf meinem Bett und aß ihr Gaeng Phet Ped mit Frühlings-
rollen. Ich kuschelte mich an ihre Beine. Sie strich mir durch
mein Haar. »Haben wir da nicht etwas vergessen?«, fragte ich
sie und begann, die Innenseite ihrer Oberschenkel zu küssen.
Ihre Bräunungsstreifen übten eine magnetische Anziehung auf
mich aus. »Schatz, sei mir nicht böse, aber ich bin erledigt
vom Flug. Außerdem habe ich gerade einen vollen Bauch.« Als
Bestätigung schüttelte sie ihren Bauch und brachte ihn damit
zum Gurgeln. »Sexy«, sagte ich. Sie lachte. »Kein Problem«,
sagte ich. »Wir haben keine Eile.« Aurora gab mir einen langen
Kuss. »Du bist schon toll, Luca. Ich habe dich vermisst. Liebe
dich, Schatz.«

Erleichterung durchströmte mich. »Wieso kannst du mir
so was nicht schreiben?«

»Ich sag es dir lieber persönlich.« Aurora gab mir je ein
Küsschen auf die Wange, die Nase und auf meine Stirn. *Wie
du es gesagt hast, Mama. Ich bin glücklich, also lasse ich alles so,
wie es ist.* Kein Mensch konnte immer glücklich sein – aber für
die schlechten Zeiten in meiner Beziehung mit Aurora war ich
selbst verantwortlich: ich und meine penetrante Unsicherheit.
Aurora gab mir keinen Anlass, an ihrer Treue und an ihren
Gefühlen zu zweifeln. Nicht mehr.

In der Nacht schlief ich zum ersten Mal seit Wochen wieder traumfrei. Einzig meine Blase weckte mich auf. Ich griff
im Dunkeln nach meinem Handy, um mir den Weg zum Badezimmer zu leuchten. Auf dem Klo bemerkte ich, dass ich
aus Versehen Auroras Handy erwischt hatte. Es wurde eine
Nachricht auf dem Bildschirm angezeigt. Von Milo: »Gestern
war wunderschön. Bin gleich eingeschlafen, nachdem du mir

geschrieben hattest. Freue mich darauf, dich in München zu sehen. Kann's kaum erwarten, dich wieder im Arm zu haben.«

12

Aurora saß auf meinem Schreibtischstuhl mit übereinandergeschlagenen Beinen, ihre Finger zupften an dem verstellbaren Plastikgriff. Ihre Augenschatten zeugten von unserem Streit letzte Nacht. Ihre Augen suchten meinen Blick, blieben trocken.

Gestern Nacht weinten sie. Aurora weinte still. Hätte ich ihr Gesicht nicht gesehen, hätte sie auch gelangweilt von meinen Vorwürfen sein können. »Ich kann so nicht mehr weitermachen, Aurora!« Ich ließ mein Herz sprechen, kämpfte gegen ihre Wand aus fehlender Empathie an, appellierte an Gefühle, von denen ich hoffte, dass sie existierten. »Ich gehe kaputt, wenn du mich weiter so behandelst.« Danach musste ich weg. Ich lief durch schlafende Straßen, schlug meine Fäuste gegen Häuserwände, bis sie bluteten. Ich wollte Schmerz, den ich verstand. Für den es Hilfe gab. *Wieso existieren keine Tabletten gegen Herzschmerz?* Ich kehrte erst nach der Morgendämmerung in die Wohnung zurück. Sie war leer. Aurora hatte eine Notiz auf den Tisch gelegt: »Ich komme am Abend vorbei – wenn du mich noch sehen willst.«

In mir tobte ein Kampf: Ich wusste, ich sollte es beenden – aber ich wollte Aurora nicht verlieren. Sie würde diesem Milo sagen, dass sie bereits einen Freund habe, und dann würden wir es noch ein letztes Mal versuchen. Ich wusste, ich sollte es beenden – aber ich liebte sie so sehr. Aurora würde über all die Dinge reden, die sie bedrückten und die sie an mir störten. Ich würde dasselbe tun, und wir würden Lösungen finden, das Glück in unserer Beziehung wiederentdecken. Ich wusste, ich sollte es beenden – aber ich konnte es nicht. Es würde schwierig werden, das war mir klar, aber wir würden es hinbekommen. Gemeinsam meisterten wir alles. Ich wusste, ich sollte es beenden – aber ohne sie war ich nichts.

Ich erwartete die Aurora von gestern Nacht: traurig, niedergeschlagen, reuevoll. Stattdessen wirkte sie vollkommen gefasst. Sie hatte eine Schachtel dabei, setzte sich auf meinen Schreibtischstuhl und wartete, bis ich bereit war zu hören, was sie zu sagen hatte. »Ich empfinde immer noch etwas für dich, Luca. Aber da ist keine Freude mehr, wenn wir uns sehen. Ich sehe dich eher als eine Bürde ...«

»Eine Bürde?«

»Nein, Bürde ist das falsche Wort«, korrigierte sie sich. »Es fühlt sich an wie eine Verpflichtung. Frag dich selbst: Wann hab ich das letzte Mal wegen einer deiner Scherze gelacht?« Sie sagte es ruhig, beinahe gleichgültig. Meine Stimme zitterte: »Wieso meintest du dann, dass ich dir Zeit geben soll? Dass alles gut werden wird? Dass du mich liebst?« Ein Schulterzucken, ein Augenrollen, eine schmerzhafte Antwort: »Weil deine Art anstrengend war und ich dich beruhigen wollte.«

Mein Zimmer, das zeitweise zu groß für uns war, erdrückte mich jetzt. »Was hätte ich deiner Meinung nach machen sollen?«, fragte ich sie. »Ich habe dich nicht gedrängt, etwas zu tun, was du nicht wolltest. Ich habe immer versucht, mich dir anzupassen, Schatz.« Aurora fuhr mit ihrer Hand an ihre Schulter, als wolle sie einen imaginären Träger nach oben ziehen. »Ich möchte keine Schuldzuweisungen machen, Luca. Es ist nun mal so, wie es ist.«

Sie räumte ihre Schublade aus, packte den Inhalt mit den frischgewaschenen Klamotten in ihren Reisekoffer. Die Schachtel überließ sie mir. Darin fand ich Gegenstände, die sie mir zurückgab – neben Bildern von uns auch mein Gedicht zu ihrem Geburtstag. Wir umarmten uns. *Ich werde sie nie wieder so halten.* Aurora flüsterte: »Es tut mir leid!« Ich wollte einen letzten Kuss. Sie schloss die Tür sehr leise beim Hinausgehen, während ich mich fragte, ob man an einem gebrochenen Herzen sterben konnte.

Für Aurora

Wo beginne ich?
Vielleicht hier:

Du bist

Du bist ehrgeizig
in allem was du tust
unbeschwert
wenn du Neues versuchst

Du bist selbstbewusst
wenn du etwas kannst
eifrig
wenn du etwas planst

Du bist der Mut
der mich antreibt

Die Verletzlichkeit
die mich befreit

Das Vertrauen
das du mir schenkst

Die Liebe
die kein Ende kennt

Ich bin
weil du bist.

Dein Luca

PATRICK

1

Ich dachte, ich würde weinen, die ganze Amphibie nieder-
schreien, meine Fäuste gegen Wände und Möbel schlagen.
Doch ich war taub. Unterschwellig spürte ich den Schmerz.
Er lauerte in meiner Brust wie ein hungriges Raubtier, nieder-
gekauert, bereit, seine Beute zu reißen. Jeden Moment könnte
es aufspringen und mein Leben beenden. Es ängstigte mich.

Ich wollte niemanden sehen, mit niemandem reden. *Solange
keiner davon weiß, ist es nicht real, richtig?* Noch brauchte ich
diese fehlende Endgültigkeit. Trotzdem hielt ich es in dem Apartment nicht mehr aus. Ich lief ziellos durch Schwabing und die
Max-Vorstadt, möglichst eine andere Route als am Vortag. Ich
versuchte, mich an den Gebäudefassaden satt zu sehen, mich an
der angenehm warmen Abendluft und dem Geruch nach Som-
mer zu erfreuen – aber nichts drang durch meine Taubheit.

Ich entdeckte ein verrostetes Fahrrad. Es lehnte an einem
Zaun und war von Efeu überwachsen. Ich fragte mich, ob der
Besitzer dieses Fahrrades es auch einmal lieb hatte. Was hatte
das Fahrrad wohl falsch gemacht, um hier liegen gelassen und

vergessen zu werden? Ich spielte mit dem Gedanken, es mitzunehmen, checkte das Fahrradschloss. Natürlich war es das einzige Teil, das nicht verrostet war.

Zurück in meinem Apartment erinnerte mich alles an Aurora. Ich zog das Bett ab, beseitigte jegliche Rückstände ihres Makeups aus dem Badezimmer, spülte ihre Haarklammern das Klo hinunter und entsorgte ihre probiotischen Nahrungsergänzungsmittel. Es reichte nicht. Ich durchkämmte das Apartment nach Haaren von ihr, strich mit dem Fusselroller über jede Oberfläche, hob jeden Gegenstand aus dem Regal, saugte bis in den hintersten Winkel. Nach getaner Arbeit setzte ich mich und horchte in mich hinein. *Fühle ich mich jetzt besser? Nein.* Nur Taubheit und das Gefühl, dass ich mich gleich übergeben musste.

Ich klickte mich durch Netflix, ohne eine Sendung zu finden, die ich anschauen wollte. Sogar Serien, die ich ansonsten liebte, nervten mich: *Modern Family* war mir zu übertrieben, *Fargo* zu amerikanisch, *Rick and Morty* zu nihilistisch, *Outlander* zu romantisch und *The Big Bang Theory* hatte ich mir immer mit Aurora angeschaut. Erst nach dem Morgengrauen schlief ich ein.

Meine Mutter klingelte mich wach. Sie brauchte ihr Auto zurück. »Wann kommst du heute?«, fragte sie mich. Zu Hause würde ich die Angst vor dem Raubtier in meiner Brust nicht alleine aushalten müssen. Es war Zeit, die Realität hereinzulassen. »Ich fahr gleich los!«

Während der Autofahrt fielen mir die Augen zu. Ich hatte seit vorgestern nichts mehr gegessen. Auf einer Raststätte holte ich mir eine Leberkäsesemmel. Obwohl ich nur zwei Bissen aß, fühlte ich mich besser.

Meine Mutter benötigte nur einen Blick, um zu wissen, was los war. Sie fragte nicht, drückte nur meine Hand und sorgte dafür, dass Bene mich in Ruhe ließ. Ich verdunkelte mein Zimmer, wollte schlafen, aber Aurora ließ mich nicht: Ich hörte ihre Stimme, spürte ihre Fingerspitzen über meine Arme streichen und roch ihren Duft. Alles erinnerte mich daran, dass ich sie nie wieder bei mir haben würde. *Was hat dieser Milo, was ich nicht habe?*

Ich öffnete Facebook und klickte mich zu Auroras Profil. Der Blick auf ihr Profilbild schmerzte. In ihrer Freundesliste suchte ich nach Milo und wurde sofort fündig. Das musste er sein: Verschmitztes Grinsen, Markenklamotten und ein Oberkörper wie aus einem Unterwäschekatalog. Das Raubtier in meiner Brust kratzte an der Taubheit. *Das ist so ungerecht!* Ich lag hier und litt wegen ihr, während sie sich vermutlich gerade schon mit diesem Milo amüsierte. Mich vermisste sie nicht.

Wieso sollte ich alleine sein? Ich schrieb Noah an. Als er nicht zurückschrieb, downloadete ich Tinder, nach etwas Zögern auch Grindr, eine schwule Dating-App. Passende Bilder waren schnell gefunden: Fotos vom Strandurlaub vor zwei Jahren für Tinder, ein Schnappschuss meines Oberkörpers ohne Kopf für Grindr. Bald schrieb ich mit einem anderen Oberkörper auf Grindr. Die Infoleiste teilte mir mit, dass er achtundzwanzig, athletisch und versatil war. Sein Name war Mike, sein Bild sah vielversprechend aus. *Nicht ganz so gut wie Milos Körper, aber besser als nichts.* Mike schlug vor, dass er mich mit seinem Auto abholen könne.

Ich wartete zwei Straßen von meinem Haus auf ihn. Mein Herz klopfte wild, das Raubtier verhielt sich ruhig. Ein blauer

Audi blieb vor mir stehen. Ich stieg ein. »Hallo, Luca. Alles klar?« Mike wirkte in Person femininer, als ich erwartet hatte. Sein Auto roch nach Zigaretten. »Gefällst mir. Kennst du hier einen guten Ort, wo wir hingehen könnten?«, fragte er. Ich überlegte. *Wo treffe ich niemanden, der mich kennt?* »Es gibt ein kleines Café an der Ortsgrenze. Wir …« Mike lachte. »Ne, ne, Kleiner. Ich gehe mit dir in kein Café. Nur irgendwo, wo uns keiner stört.« Ich erinnerte mich daran, dass ich dieses Date mit Mike wolle und lotste ihn zu einem Feldweg am Waldrand. »Bin übrigens Patrick, nicht Mike. Scheinst okay zu sein«, sagte er, als er sich die Hose aufknöpfte.

»Danke, du auch … Patrick.«

Zu Hause wusch ich Patricks Geruch von mir. Selbst jetzt fühlte ich keinen Schmerz, keine Reue, nur Ekel. Patricks Grindr Profilbild war nicht mehr aktuell gewesen, sein Körper noch weiter von Milos entfernt, als ich erwartet hatte. Ich blieb so lange unter der Dusche stehen, bis der Boiler leer war. Noahs Antwort blinkte auf meinem Handydisplay auf. »Hi Luca, bin noch zwei Wochen in Kroatien. Was gibt's?« Ich schrieb nicht zurück. Grindr löschte ich von meinem Handy. Noch so eine Erfahrung wie mit Patrick brauchte ich nicht.

Meine Mutter brachte mir Lasagne vom Abendessen ans Bett. »Bei wem warst du vorhin?«, fragte sie mich.

»Mama, könntest du mir einen Gefallen tun?«, fragte ich sie. »Könntest du bitte alle Bilder von Aurora und mir von meinem Handy löschen? Ich kann sie mir nicht mehr ansehen.« Ich vertraute darauf, dass meine Mutter gründlich sein würde. Nachdem sie alle gelöscht hatte, gab sie mir mein Handy zurück. »Sonst noch etwas, das ich für dich tun kann, Liebling?« Ich schüttelte den Kopf. Sie umarmte mich und legte sich neben mich ins Bett. Das letzte Mal, als meine Mutter sich zu mir ins Bett gelegt hatte, lag viele Jahre zurück.

»Mama?«

»Ja, Luca?«

»Weißt du, was das beschissenste Gefühl dieser Welt ist?«

»Sag es mir, Liebling«, flüsterte sie.

»Mit allem, was ich bin – bin ich nicht genug für sie.«

Als meine Mutter mich näher zu sich zog, brach das Raubtier in meiner Brust durch die Taubheit. Ich weinte. »Es tut so weh, Mama.« »Ich weiß, Liebling«, flüsterte sie. »Aber so weißt du, dass die Beziehung etwas wert war. Schluck den Schmerz nicht hinunter. Deine Gefühle sind wichtig, deine Gefühle sind richtig.« Sie drückte mir einen Kuss auf die Stirn. »Jetzt kannst du anfangen zu heilen.«

Die Tränen hatten mich erschöpft. Ich schlief für ein paar Stunden, bevor Bilder von Aurora in meine Träume eindrangen. Ich sah Aurora und Milo, die sich küssten und in meinem Bett in München miteinander schliefen. Aurora war glücklich mit ihm, sie war treu. »Das Problem lag immer nur an dir, Luca«, sagte sie. Sie hatte recht: Ich war betrügenswert.

Schweißgebadet wachte ich auf. In meinem Traum hatte sie bereits ein neues Profilbild auf Facebook eingestellt – mit Milo und ihr. Panisch suchte ich Auroras Facebook-Profil und fand: nichts. *Wie kann das sein? Ich war gerade erst auf ihrem Profil.* Auch ihre anderen Social Media Kanäle waren verschwunden. Ich realisierte: Sie hatte mich überall geblockt. Was dachte sie, dass ich tun würde? Hasskommentare an ihre Pinnwand schreiben? Sie mit Nachrichten zuspammen? *Sicher nicht.*

Die Stunden bis zum Morgengrauen grübelte ich über die kommenden Tage. Es waren Semesterferien, ich konnte tun, was ich wollte. In Eglheim herumzusitzen, würde mir nicht über Aurora hinweghelfen. Ich verschrieb mir selbst Urlaub, fand billige Flüge online und buchte meine Reise. Am Frühstückstisch verkündete ich stolz mein Reiseziel. »Oh, warum nimmst du mich nicht mit?«, fragte Bene. »Ich wollte immer schon mal nach Barcelona.« »Das ist ein Urlaub, den dein großer Bruder alleine machen muss«, sagte meine Mutter. Sie drückte meine Hand, und ich verstand.

AURORA

13

Die Stewardess reichte mir eine Decke. Ich mummelte mich darin ein. In der Luft erdrückte mich das Gewicht auf meiner Brust weniger. Das erste Mal allein in einem fremden Land, weit weg von zu Hause. Ich versuchte, mir diese Tatsache zu vergegenwärtigen, das Gefühl von Autonomie zu genießen, das es mir gab.

Über meine Kopfhörer drangen die ersten Takte von Jason Mraz' *I won't give up* in meine Ohren und – mit nur einem Streichen der Gitarrensaiten – legte sich der Stein mit alter Schwere auf meine Brust. *I won't give up on us, even if the skies get rough. I'm giving you all my love.* Ich verfluchte den Erfinder der Shuffle-Funktion und mich dafür, diese Playlist eingeschaltet zu haben.

Das Meer bedeckte noch den gesamten Horizont, als ich das Fahrwerk ausfahren hörte. In letzter Sekunde tauchte der Boden unter uns auf. Hitze und Palmen begrüßten mich auf meinen ersten Schritten aus dem Flughafen. Ich fühlte, wie die Wärme meinen Körper durchströmte. »Wohin«, fragte mich der Taxifahrer. »Carrer de Pallas, Barcelona«, antwortete ich. Auf der Fahrt in die Innenstadt prasselten Eindrücke auf mich ein: Wilde Farbkontraste trafen auf naturalistische Architektur, hektisches Verkehrstreiben auf temperamentvolle Autofahrer. Und ich mittendrin. *Das hätte dir gefallen, Aurora. Aber du wolltest ja nicht.*

Das Taxameter zeigte 20,10 Euro an, als wir die Carrer de Pallas erreichten. Mit einer legeren Bewegung des Taxifahrers sprang der Preis auf 32,10 Euro. »Was?«, fragte ich verwirrt. »Äh … Qué?«, wiederholte ich. Der Taxifahrer kratzte sich an der Stirn und fuchtelte mit den Armen, sagte aber sonst kein Wort. Ich bezahlte ohne Trinkgeld.

Mein Zimmer lag im fünften Stock und besaß neben einem großen Bett sogar eine Couch und einen Balkon. Ich lehnte mich gegen die wackelige Brüstung und fragte mich, wie gut deren Schrauben wohl verankert waren. *Verwenden Spanier die gleichen Dübel wie die Deutschen?* Normalerweise hielt ich mich von maroden Brüstungen fern – jetzt dachte ich mir: *Wenn Gott es will, dann sterbe ich eben so.*

Eine erste Reisemüdigkeit überkam mich. Ich legte mich auf die voluminösen Decken des Bettes. Mein Kopf versank in den Daunen, und ich versuchte zu schlafen – ein Bild von Aurora tauchte hinter meinen geschlossenen Lidern auf. *Verdammt.* Ich schob die Decke von mir weg, zog das Kissen unter meinen Kopf, legte mich auf die Seite. Nichts half gegen dieses furchtbare Gefühl, diese Atemnot, die mich rastlos machte.

Ich kramte nach meinem iPhone und öffnete Tinder, ließ auch Männer in meinen Vorschlägen aufscheinen. Mal sehen, was Barcelona so zu bieten hatte. Zunächst antwortete ich den

Leuten, die mir bereits geschrieben hatten, dann wischte ich mich durch die Bilderflut. Ich verglich jede Frau mit Aurora. Die meisten wischte ich nach links, sie alle kamen nicht annähernd an sie heran. Für einen Moment blieb mir das Herz stehen, als ein Mädchen mit demselben Kussmund wie sie in die Kamera lächelte. Die wischte ich natürlich nach rechts. Bei den Jungs war ich weniger wählerisch. Guter Body, halbwegs attraktives Lächeln: Warum nicht? Zwei Mädchen schrieben mir. Auf den zweiten Blick waren beide relativ uninteressant – ich löste die Verknüpfungen auf, anstatt zu antworten. Dann schrieb ich weitere an und legte das Handy weg, als niemand von ihnen sich sofort meldete.

Obwohl mir die Augen zufielen, fand ich keine Ruhe. Ich stand auf. Der Rezeptionist markierte mir Tourist Hotspots auf einem Stadtplan. Da es bereits dämmerte, entschied ich mich, die Gegend um den Plaça de Catalunya auszukundschaften. Während ich die Baumallee der Las Ramblas entlangschlenderte, beobachtete ich die Menschen um mich herum. Familien mit Kindern, denen spanische Verkäufer Propellerspielzeuge andrehten. Dunkelhäutige Riesen, die einem exklusive Einladungen zu Rooftop-Partys oder Marihuana anboten – und natürlich die allgegenwärtigen verliebten Pärchen, die händchenhaltend im Gleichschritt die Straße hinunterspazierten, sich ständig küssten und zärtlich aneinanderschmiegten. *Nicht zum Aushalten!* Ich verlor mich in einer der Nebenstraßen, stieß auf einen Delikatessenmarkt. In den Auslagen befanden sich mir unbekannte Lebensmittel, von denen ich nicht einmal mit Bestimmtheit sagen konnte, ob sie pflanzlichen oder tierischen Ursprungs waren. Aus einem korallenähnlichen Ding tropfte

85

auf den zweiten Blick verdächtig viel rote Flüssigkeit heraus, und ein Schwamm schrumpfte auf die halbe Größe zusammen, als die Verkäuferin ihn versehentlich berührte. Ich ging weiter.

Labyrinthartige Gassen lenkten meine Schritte immer weiter weg von dem geschäftigen Treiben. Ich hatte von der hohen Kriminalitätsrate in Barcelona gehört und stellte mir vor, dass solche Gassen ideal dafür geeignet waren, Touristen wie mich auszurauben. Doch auch das störte mich gerade nicht. Irgendwie reizte mich der Gedanke sogar. Sollte man mich doch ausrauben und verprügeln. Körperlicher Schmerz im Tausch gegen seelischen – diesen Handel würde ich sofort eingehen. Vielleicht würden mich die Straßenräuber sogar erschießen. *Wäre auch nicht schlimm.* Plötzlich erschreckte mich der Gedanke. Natürlich wäre das schlimm, sagte ich mir und beschleunigte meine Schritte.

Sie trugen mich zur Plaça Reial. Ich wollte unbedingt eine traditionelle Paella essen und suchte mir ein Restaurant aus, das auf spanische Küche spezialisiert war. Der Kellner teilte mir mit, dass eine Paella erst ab zwei Personen zu bestellen war. *Das soll wohl ein Scherz sein!* Ich stand auf und ging. Auf dem Weg zurück zur U-Bahn fand ich einen kleinen Dönerladen. Ein Teenager äffte mich nach, als ich »no tomatos« zu dem Verkäufer sagte.

Im Bett öffnete ich wieder meine Dating-App. Einige Nachrichten waren eingegangen. Ich legte das Smartphone weg, ohne etwas davon durchzulesen. Meinen ersten Tag in Barcelona wollte ich mit den Eindrücken der Stadt vor Augen beenden und nicht mit Duckfaces und nackten Oberkörpern. Doch als ich die Augen schloss, geisterte Aurora wieder vor meiner Netzhaut. Ich griff zum Smartphone, schrieb mit Amelia, Carla und Josh, bis ich einschlief.

Mein Wecker klingelte um zehn Uhr. Ich blieb bis zwölf im Bett liegen, chattete mit weiteren Personen. Ein dunkelhäutiger Marokkaner wohnte im selben Hotel wie ich. Er wollte bei mir im Hotelzimmer vorbeikommen. Mein Adrenalinpegel stieg. Wollte ich wirklich mit dem Kerl schlafen? *Ist er überhaupt mein Typ?* Auf einen zweiten Patrick verzichtete ich dankend. Ich schrieb ihm, dass ich einen Termin hätte, aber wir uns gerne am Abend treffen könnten. Er mochte die Idee – schlug aber dennoch vor, kurz vorbeizukommen, um zu sehen, ob die Chemie stimmte. Ich sprang aus dem Bett und unter die Dusche, bevor ich ihm mein Einverständnis schrieb. Es klopfte, als ich mir gerade die Haare trocken rubbelte. Pockennarben grinsten mir auf dem Gesicht des Marokkaners entgegen, seine breiten Oberarme spannten sein Shirt. »Hi, you're handsome!«, sagte er, und ich erwiderte das Kompliment, obwohl ich mir nicht sicher war, ob es stimmte. Ich bat ihn hereinzukommen. Er griff mir in den Schritt und begann, meinen Penis durch die Hose zu massieren. »Take it off!« Ich zog die Hose aus, und er begutachtete mich. »I like it. I like you.« »Thank you«, war das Einzige, das mir über die Lippen kam. »I think it will work. Looking forward to this evening.« Dann ging er.

Die Sonne knallte mir auf den Nacken, als ich die Stufen des Montjuïc bestieg. Mein Rucksack klebte an meinem Rücken, als ich das Gipfelkreuz erreichte. Ich versuchte, ein Selfie zu machen, ohne dass andere Touristen im Bild waren. Ich setzte mich auf den Sockel des Kreuzes, ließ den Ausblick auf mich wirken. Im Endeffekt saß ich bis zum Sonnenuntergang auf dem Berg und beobachtete das gigantische Wimmelbild zu meinen Füßen. Ich stellte mir vor, wie viele Menschen sich gerade in dieser Stadt befanden – die gehalten und geliebt werden wollten. Wer war ich, dass ich mich von einer Person so quälen ließ?

Als ich bei meinem Abstieg wieder in die gestaute Hitze der Stadt eintauchte, waren meine Beine erschöpft, aber meine Seele fühlte sich lebendig und zum ersten Mal wieder hoffnungsvoll. Obwohl der Montjuïc mir blutige Blasen als Abschiedsgeschenk mitgegeben hatte, stattete ich dem Restaurant vom Vortag auf dem Plaça Reial erneut einen Besuch ab. Derselbe Kellner begrüßte mich und lachte, als ich eine Meeresfrüchte-Paella für zwei Personen bestellte. »Sólo para usted?«, fragte er mich. Womöglich war es Einbildung, aber die Paella schmeckte besser als jede Mahlzeit, die ich in den letzten Wochen gegessen hatte. Den Rest ließ ich mir einpacken.

Im Hotelzimmer ließ ich mir eine Badewanne ein. Das heiße Wasser war eine Wohltat. Für einen kurzen Moment dachte ich daran, dem Marokkaner Bescheid zu geben, dass ich wieder im Hotel war. Ich entschied mich dagegen: Heute Abend war es für mich in Ordnung, alleine zu sein. Sobald mein Kopf das Kissen berührte, schlief ich ein. Mein Handy hatte ich nicht aus meiner Hosentasche genommen.

Am dritten Tag zog es mich zum Meer. Auf dem Weg dahin spazierte ich die Calle des Arc de Triomf hinunter. Heute mit bequemeren Schuhen und Blasenpflastern ausgestattet. Der rote Triumphbogen ragte imposant in den Himmel. Eine kleine Gruppe Deutscher unterhielt sich in Hörweite, gerade als ich ein Foto von dem Bogen machen wollte. Dem dürftigen

Bartwuchs der Männer nach zu schließen waren sie in meinem Alter. Aus ihrer Unterhaltung schloss ich, dass sie ursprünglich nicht als Gruppe angereist waren. »Unfassbar, dass wir Marco und Flo hier zufällig über den Weg gelaufen sind«, sagte die einzige Frau der Gruppe. »Ich meine: Wie groß ist die Wahrscheinlichkeit?«

Ich dachte daran, wie es wohl wäre, wenn Aurora plötzlich meinen Weg kreuzen würde. Wäre sie erfreut, oder würde sie sich einfach abwenden und so tun, als kenne sie mich nicht? Einer der Männer legte seinen Arm um die Frau und antwortete: »Abgesehen davon, dass die Leute zur selben Zeit in derselben fremden Stadt sein müssen, stehen die Chancen sogar recht gut.« Sie warf ihm einen fragenden Blick zu, und auch der Mann mit Sonnenbrand auf der Nase wirkte verwirrt. »Wie das?«, fragte er.

»Ganz einfach«, fuhr der junge Mann fort. »Flo und ich sind zusammen aufgewachsen. Wenn wir nun unabhängig voneinander in eine fremde Stadt kommen, überrascht es mich nicht, dass wir ungefähr dieselben Standorte aufsuchen. So wäre es vermutlich auch mit vielen anderen unserer Bekannten. So gesehen ist es nur eine Frage des Timings. Die möglichen Treffpunkte sind sehr gering.« Die Erklärung des jungen Mannes gefiel mir. Über so etwas hatte ich mir noch nie Gedanken gemacht.

Kurzerhand entschied ich mich, sie anzusprechen. »Entschuldigt, soll ich ein Foto von euch machen?« Die Frau nickte überschwänglich, drückte mir ihre Spiegelreflex in die Hand. Das Viergespann posierte und lächelte in die Kamera. »Voll nett von dir. Vielen Dank. Soll ich auch eines von dir machen?«

Erst wollte ich ablehnen. Ein Selfie genügte doch auch – aber dann entschied ich mich, weiterhin mit ihnen im Gespräch zu bleiben und das Angebot anzunehmen. Die Frau knipste los. Mangels imposanter Posen blieb ich einfach stehen wie ein Stock und lächelte. »Bist du ganz alleine hier?«, fragte mich die Frau, als sie mir mein Handy zurückgab. Ein Stück ihres Schneidezahns fehlte. Ich nickte und erklärte, dass es ein Spontantrip war, um den Kopf etwas freizubekommen. »Traumhaft!«, warf der junge Mann ein. Sein Lächeln war ansteckend. Er legte erneut den Arm um die Schultern des Mädchens und erkundigte sich nach meinen Plänen. »Ich gehe heute zum Strand. Das Wasser soll zwar noch sehr kalt sein, aber ich würde echt gerne schwimmen gehen.«

»Das trifft sich ja. Da wollten wir auch gerade hin, falls du dich uns anschließen möchtest. Ich heiße Kai.« Der junge Mann streckte mir seine freie Hand entgegen. »Das hier sind Flo, Marco und Tina.«

»Luca. Freut mich.«

Die Möwen kündigten uns Barceloneta Beach an. Gerade noch standen wir in einer kleinen Gasse mit Bars und Cafés, nun erstreckte sich ein weiter Streifen Sand vor uns. Dahinter kreisten die Seevögel über dem blaugrauen Horizont. Den meisten Leuten war es zu kalt, nur ein einzelnes Paar befand sich außer uns am Strand. Sie hatten ihre Köpfe zusammengelegt. Ich setzte mich so hin, dass ich sie nicht sehen musste. Auf Nachfrage stellte sich heraus, dass die vier Freunde aus Köln stammten und ebenfalls Studenten waren. »Mit Ausnahme von Marco hier, der ist schon fertig.« Marco stellte den zeremoniellen Quastenwechsel von links nach rechts pantomimisch dar.

»Und er denkt, er sei gut in Pantomime.« »Ich bin unschlagbar«, sagte Marco, als wäre es eine Tatsache.

Kai und ich waren die Ersten im Wasser. Marco und Flo folgten uns mit eingezogenen Bäuchen und Gänsehaut. »Arschkalt«, sagte Flo durch zusammengebissene Zähne, frische Sonnencreme auf seinen Schultern und auf der verbrannten Nase. Tina wagte sich bis zu den Knöcheln in die Gischt vor, bevor sie sich entschied, doch nur Fotos von uns zu machen. Das Mittelmeer war salziger als in meiner Erinnerung. Die Kälte war wohltuend. Ich tauchte den Kopf unter Wasser: Für einen Moment war ich im Hier und Jetzt, fühlte das eisige Wasser an meiner Kopfhaut, den steten Wellengang, der an meinen Gliedern zog. Hier wollte ich immer bleiben – in diesem Limbo zwischen extremem körperlichem Empfinden und innerer Losgelöstheit. Doch ich brauchte Luft.

Wir Männer posierten vor der Kamera. Ich spannte meine Bauchmuskeln und Oberarme an. Danach rollten wir uns in unsere Handtücher, rubbelten uns das Wasser aus den Haaren und den Sand hinein. Kai kramte ein graues Kästchen aus seinem Rucksack hervor, stach sich mit einer Nadel daraus in den Finger. Ein einzelner Blutstropfen quoll aus seinem verschrumpelten Finger hervor. Er drückte ihn auf einen dünnen Papierstreifen und speiste ihn in ein abgenutzt aussehendes Gerät ein. Kais Augen flogen über die schwarzen Ziffern auf dem Display, dann griff er nach einer luftdicht versiegelten Spritze in dem Kästchen, drückte etwas Gewebe an seinem mageren Bauch zusammen und setzte sich. »Liegt in der Familie«, sagte Kai, als müsse er sich rechtfertigen. Flo schlug ihm auf den Rücken. »Lüg nicht! Hättest als Kind eben die Finger von den

Doughnuts lassen sollen.« Kai lachte sein ansteckendes Lachen, das für mich nun eine andere Färbung bekommen hatte.

In den darauffolgenden Tagen erforschte ich die Stadt auf eigene Faust. Ich mietete ein Fahrrad, erkundete das Barri Gòtic, wandelte auf den Spuren von Antoni Gaudí. Die beeindruckende Sagrada Família hielt mich einen ganzen Tag beschäftigt. Obwohl sich die Kirche nach wie vor im Bau befand, raubte ihre Schönheit mir bereits den Atem. Ich stand in der Mitte des Hauptschiffes und bewunderte den Raum. Ich fühlte mich wie in einem Wald aus Steinen. Etwas Vergleichbares hatte ich noch nie gesehen. Wie konnte man aus einem so harten Material wie Stein etwas so organisch Anmutendes schaffen? Aurora war anmutig und schön, aber am Ende unserer Beziehung genauso hart wie ein Stein. Vielleicht hatte sie keine Wahl – war nur das Produkt ihrer Umwelt. *Unsinn!* Menschen sind keine seelenlosen Gegenstände. Menschen haben immer eine Wahl.

Während ich die hellen Stunden mit dem Besichtigen der Sehenswürdigkeiten verbrachte, gehörten die Abende bis zu ihrer Abreise den vier Freunden aus Köln. Mit ihnen konnte ich sein, wer ich sein wollte. Sie wussten nichts von mir oder meinem Schmerz, nahmen mich mit offenen Armen auf und sahen mich als Teil der Gruppe. Sie schenkten mir andere Gedanken, machten mich damit etwas glücklicher. Kai kannte Barcelona, er war bereits zum wiederholten Male in der Stadt. Er führte uns zu versteckten Bars und Restaurants, in denen sonst nur Einheimische saßen. Wir aßen Tapas, schlürften Muscheln und tranken Wein *en exceso*. »Den spanischen Lebensstil für sich entdecken«, nannte Kai das. Flo sagte dazu: »Essen, saufen, teure Dinge kaufen.«

Die Krönung jedes Abends war ein Toast auf uns, begleitet von einer Rede. Kai schlug es spontan vor, und die anderen zeigten sich begeistert von der Idee. Vielleicht lag es am Wein oder an der Hitze, oder womöglich an der zufälligen Konstellation unserer Gesellschaft. Alle Masken wurden von den Gesichtern, alle Kleidung von den emotionalen Leibern gezerrt, sodass nur die nackten Menschen übrig blieben – offen, verwundbar und frei.

Kais Toast war der erste. Seine Rede zeugte von seiner Intelligenz und Einfühlungsvermögen. Er redete darüber, wie viel es ihm bedeute, dass wir alle hier waren, hangelte sich von einer Anekdote zur nächsten, offenbarte sein Streben nach Anerkennung, nach Liebe – bis das Essen kalt geworden war. Doch niemanden störte es, denn wir alle genossen es, ihm zuzuhören. Auch als die anderen an der Reihe waren, hielten sie bewegende Reden, von denen ich nicht geahnt hätte, dass sie in ihnen steckten. Als Tina uns am letzten Abend von ihrem gewaltsamen Vater erzählte, war kein Auge trocken. »Hat er dir das angetan?«, fragte ich sie, spielte damit auf ihren abgebrochenen Schneidezahn an. Tina nickte. »Mein Zahnarzt hätte ihn ausbessern können, aber ich wollte nicht. Der kaputte Zahn erinnert mich daran, woher ich komme und wie stark ich sein kann.«

Nachdem die Tränen mit ausreichend Wein und gutem Essen heruntergespült worden waren, wandte sich Kai an mich: »Luca, wann hören wir deinen Toast?« Ich zuckte mit den Schultern. »Wohl überhaupt nicht. Heute ist euer letzter Tag. Ihr müsst eben länger hierbleiben.« »Nein«, sagte Kai. »So einfach lassen wir dich nicht davonkommen. Ich möchte deinen

Toast heute noch hören.« Tina pflichtete ihm bei. Ich spürte
Kais Hand an meiner Schulter. »Deine Rede wird der krönende
Abschluss unseres Barcelona-Aufenthalts.« Selbst alkoholisiert
wurde ich nervös.

Mit drei Flaschen Weißwein im Gepäck schlenderten wir
den Weg vom Plaça d'Espanya zum Montjuïc entlang und
die Stufen zum Palau Nacional hinauf. Dort oben sollte ich
meine Rede halten. Eine sternenklare Nacht – unbeeindruckt
vom hellen Stadtnebel – erwartete uns. In Ermangelung von
Gläsern hielten jeweils zwei Personen eine Flasche, nur ich
bekam meine eigene. »Zum Start eine Alliteration: Leg los,
Luca!«, sagte Kai, und ich wusste, ich musste jetzt etwas Groß-
artiges abliefern. Sie alle hatten ihre Seelen offengelegt, sich
ohne Scham präsentiert und hatten zu sich selbst gestanden.
Doch ich fühlte mich nicht bereit dazu, ihnen einen Seelen-
Striptease zu geben. »Es tut mir so leid, Leute. Ich weiß nicht,
was ich sagen soll. Ich dachte, mir fällt auf dem Weg hierher
noch etwas ein, aber ich weiß immer noch nicht, was.« Ich sah
in verständnisvolle Gesichter und wartete – keiner reagierte,
alle blieben still. »Ich weiß es wirklich nicht«, wiederholte ich.
»Ihr seid wirklich toll, und ich bin so dankbar, dass ich euch
kennengelernt habe – aber ich kann da nicht mitziehen. Ich
kann nicht so ehrlich über mich selbst reden. Ach Leute, ich
verstehe mich doch selbst nicht. Ich verstehe mich immer weniger, je länger ich über mich selbst nachdenke.« Während des
Redens zuckte ich so oft mit meinen Schultern, dass ich mir
albern vorkam. *Wieso sagen sie nichts?* »Also ich weiß nicht,
was ich hier erzählen soll. Es tut mir leid, ich meine es ernst.«
Ich hielt Kai die Flasche hin, doch er nahm sie nicht an. Keiner

nahm sie an. »Jetzt kommt schon.« Sie bestanden darauf, dass ich irgendetwas sagte. *Na gut!*

»Ich war Anfang der Woche hier oben. Es war sehr schön. Aber noch schöner war es, mit euch zusammen zu sein. Ich genieße die Zeit mit euch sehr. Ich habe mich in letzter Zeit nicht sehr gut gefühlt – und jetzt, hier oben, die ganze Stadt im Rücken ... Ich bin doch niemals wichtig genug, um etwas sagen zu können, das dem Ganzen gerecht wird, das euch gerecht wird. Ihr wisst gar nicht, wie sehr ihr mir geholfen habt in den letzten Tagen.« Kai lächelte mich an, und es war, als würde eine Schleuse in mir geöffnet. »Nein, hör auf!« *Ich versaue hier die Rede und ihren letzten Abend. Dafür verdiene ich kein Lächeln.* »Bitte jetzt, hört auf! Ich bin ein Nichts. Wieso verschwendet ihr überhaupt eure Zeit mit mir?« Ich hielt die Weinflasche in die Höhe. »Auf euch! Ich möchte irgendwann einmal so selbstlos und frei sein wie ihr.«

Die restlichen Weinflaschen wurden in die Luft gehoben. »Auf Luca«, sagte Tina. »Auf Luca«, wiederholten die anderen im Chor. »Nein, bitte«, sagte ich. Kai kam auf mich zu, legte seine Hände auf meine Schultern. Die anderen folgten seinem Beispiel. »Nein, bitte.« Ich sagte es noch ein Dutzend Male, doch sie ließen nicht los – erst als sich meine Atmung beruhigt hatte. Kai sagte: »Luca, danke für diesen schönen Abschluss unseres Urlaubs. Du bist genauso toll und etwas ganz Besonderes. Ich wünsche mir, dass du dich irgendwann selbst so siehst. Wir tun es bereits.«

ARIADNE

1

Ich war wieder alleine. Die Beine baumelten von der Bettkante herunter, meine Schuhe klopften gegen das Holz. Der Raum drehte sich über mir. *Wie lange liege ich schon hier?* Mein Handy verriet mir, dass bereits mehrere Stunden vergangen waren, seitdem ich in mein Zimmer getorkelt war. Ich hatte den Marokkaner angeschrieben, ob er noch vorbeikommen wolle: keine Antwort. Lange Zeit hatte ich über die Verabschiedung von Kai und den anderen Kölnern nachgedacht, über die Dinge, die sie mir gesagt, und über die außergewöhnliche Zeit, die wir gemeinsam verbracht hatten. Danach hatte ich versucht, an nichts mehr zu denken. Ich wollte so lange zufrieden sein wie möglich – doch mit jedem Sonnenstrahl, der durch mein Zimmerfenster fiel, loderten mehr ungute Gefühle in mir auf. »Besser Freunde treffen und an nichts denken«, hatte Aurora einmal zu mir gesagt. Wir hatten *500 Days of Summer* angeschaut, und sie empfand keinerlei Sympathie für den schwer verliebten Hauptcharakter. »Selbstmitleid bringt keinem was, am wenigsten dir selbst.« Sie hatte recht damit. Vermutlich aus Trotz, eben weil sie es gesagt hatte, erschien mir Selbstmitleid in diesem Moment genau richtig. Dass es mir sämtliche Energie raubte, merkte ich erst später. *Ist doch eh alles sinnlos.* Also lag ich einfach da und wollte nie mehr aufstehen.

Das Handy vibrierte. Meine Muskeln zuckten, ich zog es aus der Hosentasche und hielt das Display vors Gesicht. *Vater.* Echt keine Lust auf ihn. Ich würde so tun müssen, als ob es mir gut ging. Keine Energie dafür, ich nahm nicht ab – stattdessen öffnete ich Tinder. Der Marokkaner hatte geantwortet. Er war nicht mehr in Barcelona. »You should have texted me!« *Alles scheiße!* Ich schlief endlich ein.

Ich träumte nichts. Als ich aufwachte, fühlte ich mich gerädert. Hatte ich einen Kater, oder war ich nur schlecht gelaunt? Ich duschte, aß den Rest der Paella für zwei. Meine Stimmung besserte sich. Mein Vater wusste, wovon er sprach, als er sagte, dass die Welt mit Essen im Magen gleich viel besser aussah. Ich dachte daran, ihn zurückzurufen, aber entschied mich dagegen. Wäre es dringend gewesen, hätte er mir eine Nachricht hinterlassen. Ich ging auf den Balkon und setzte mich auf einen Stuhl. Die Abenddämmerung zeichnete die Wolken in einem durchdringenden Rot. Wie schön der Ausblick vom Montjuïc wohl gerade wäre. Ich war wütend auf mich selbst. Nur noch zwei Tage in Barcelona, und ich hatte einen kompletten Tag verschlafen. Die Zeit musste ich wieder reinholen. Heute würde ich Barcelonas Nachtleben auf eigene Faust erkunden.

Ich nahm die U-Bahn in die Stadt. Die Hitze des Tages staute sich noch in den Straßen und Gassen. Stehende Luft, die an der Haut klebte und mich zu einem Teil der Stadt werden ließ. Nur in Tanktop und kurze Hose gekleidet, trieb ich umher. Irgendwelche Clubs interessierten mich nicht, stattdessen suchte ich eine kleine Tapas-Bar, wie ich sie mit den Kölnern öfters besucht hatte. In einer Gasse des Barri Gòtic wurde ich von einem Stadtputzkommando mit Wasserschläuchen durchgescheucht. Durch Zufall sah ich dabei eine kleine Bar namens *Dédalo*. Ich rettete mich hinein. Kais Beispiel folgend sagte ich der Bedienung »Sorprèn-me«, *überrasche mich*, woraufhin sie mir einen Teller mit schwarzem Reis brachte. Auf meinen fragenden Blick antwortete sie: »Arròs negre. Porta gambes. T'agradarà.« Ich zwang meine Zurückhaltung nieder, probierte den schleimig-schwarzen Reis und die Garnelen. Es schmeckte ausgezeichnet. Ich verabschiedete die Kellnerin mit einem von Herzen kommenden »Gracias« und reichlich Trinkgeld.

Die gelben Straßenlichter badeten mich auf dem Weg zur U-Bahn. Meine Handybatterie hatte sich ausgeschaltet. In meiner Trunkenheit am Vorabend hatte ich vergessen, sie zu laden. Ohne Handy musste ich mich an die Ausschilderung der U-Bahnaushänge halten, um den Weg ins Hotel zu finden. Einziges Problem war: Ich wusste nicht mehr, wie meine U-Bahnhaltestelle hieß. *Marina? Girona?* Vor meinem geistigen Auge sah ich meine Stadtkarte, die im Hotelzimmer auf dem Tisch lag. Der Rezeptionist, der einen welligen Kreis um den Namen einer Haltestelle zeichnet. *Doch welche war es?* Die Farben der U-Bahnlinien liefen gedanklich ineinander, die Haltstellennamen wechselten Form und Platz. Ich würde es mit der Haltestelle *Marina* versuchen und hoffte, dass ich richtig lag.

Die U-Bahn kam in acht Minuten. Am Bahnsteig saß neben mir eine junge Frau. Ihre Beine waren übereinandergeschlagen, ihr Rücken bemerkenswert aufrecht. *Eine Tänzerin. Bestimmt*

eine Ballerina. Sie war in ihr Handy vertieft, an dem eine Powerbank hing. Ich holte tief Luft, wandte mich ihr zu. Auf Englisch
fragte ich sie, ob ich mir kurz ihre Powerbank für mein Handy
leihen dürfe. Sie nickte freundlich und gab sie mir, während ich
mich neben sie auf die Bank setzte. »Aweful, isn't it?« Sie beobachtete, wie ich die Powerbank anschloss. »Without a phone, I
mean.« Ein kurzes Lächeln, ein noch kürzerer Blick meinen Körper entlang. Ich stimmte ihr zu. Mein Bildschirm blinkte auf. Ich
öffnete meine Karten-App und erkannte, dass ich hier unten kein
Internet-Signal empfing. Mit der Powerbank der Frau schnell an
die Oberfläche zu gehen war ausgeschlossen. So viel Vertrauen
gegenüber einem Fremden erwartete ich nicht von ihr. Einen
Hotspot konnte sie mir jedoch geben. Ich fragte sie. »Oh sure.
No worries.« Ihre Stimme war hell und weich zugleich. Sie sprach
ein gutes Englisch und wusste das auch. Sie wusste aber nicht,
wie sie ihren Hotspot aktivierte. Ich zeigte es ihr, nachdem ich
mich durch die spanischsprachigen Einstellungen ihres Handys
gekämpft hatte. *Es ist doch Girona.* Ich gab ihr die Powerbank zurück. Unsere Finger streiften einander. »One more thing«, sagte
ich und erinnerte sie daran, den Hotspot wieder auszuschalten.
Sie bat mich, es zu tun. Ihre Grübchen faszinierten mich. Sie
lagen etwas höher als Auroras. Ich schaltete den Hotspot aus,
zögerte – und fragte sie, ob ich meine Nummer auch gleich in ihr
Handy einspeichern solle. Ein Moment der Stille, in dem mein
Atem stillstand und ich mir komplett schutzlos vorkam. Dann
nickte sie mir zu. »Why not, handsome?«

Mein Handy nahm ich erst wieder aus der Hosentasche, als ich im
Hotelzimmer angekommen war. Die Frau hatte mir noch keine

Nachricht geschrieben, was wenig überraschend war. Einzig meine Schlafenszeit-Erinnerung las ich auf dem Coverbildschirm. *Was habe ich erwartet?* Ich schmiss mein Handy aufs Bett, ging ins Badezimmer. Mein Spiegelbild enttäuschte mich. Tiefe Augenringe über aufgerauten Lippen. Ich hätte mich bei so einem Gesicht auch nicht gemeldet. Im Bett stellte ich den Wecker für den nächsten Tag – da bemerkte ich, dass das Internet-Signal meines Handys immer noch nicht funktionierte. Ich verband mein Handy mit dem WLAN des Hotels und, tatsächlich, ich hatte bereits eine Nachricht von ihr erhalten. »Hey, it's Ariadne«, schrieb sie mit einem Winke-Emoji. Dann noch eine: »Got home safe?« Die Nachrichten waren mit einem etwa zwanzigminütigen Abstand voneinander geschickt worden. Die erste knapp nachdem sie in die U-Bahn gestiegen war. »Hey, Ariadne. Yeah I did, but only because of you. Thanks again! You're a lifesaver!« Nicht lange und mein Handy blinkte erneut mit ihrer Antwort auf. Wir schrieben, bis die Sonne auf mein Bettlaken schien. Dann schlief ich, unruhig. Dieses Mal nicht nur wegen meiner Gedanken an Aurora, sondern auch wegen der Vorfreude: Wir hatten geplant, dass Ariadne am Nachmittag zu mir ins Hotel kommen würde.

Nach einer gründlichen Rasur und einem Last-Minute Workout klopfte es. Ich öffnete Ariadne die Tür. Sie spazierte herein, als wäre es ihr Zimmer, zeigte sich begeistert von meinem Ausblick. Ich bot ihr etwas zu trinken an. Sie entschied sich für Tee. Wir setzten uns auf das Sofa, sie am einen Ende, ich am anderen. Während wir uns unterhielten, zeichnete sie kleine Ringe mit ihrem Zeigefinger auf der beschlagenen Tasse. Ich hatte die Befürchtung, dass keiner von uns wusste, was er reden sollte. Meine

Sorge war unbegründet: Wir redeten ohne Anstrengung, warfen uns Stichworte zu, die vom anderen aufgefangen und weitergetragen wurden. Ich erfuhr von ihrer Zeit in New York und dass sie deshalb so gut Englisch sprach, und von ihrem Wunsch, einmal eine erfolgreiche Bauunternehmerin zu werden. Sie erzählte mir auch von ihrer kleinen Schwester, der sie ein gutes Vorbild sein wollte. Ich nickte. Mit Bene ging es mir genauso. »What about your mother?«, fragte ich. Ariadne räusperte sich. »Let's just say, she never much cared about her children.« Ich verstand, was sie meinte, dachte an meinen Vater. Wir waren uns beide auf dem Sofa etwas nähergekommen. Ich ergriff ihre Hand. Vorsichtig, um zu sehen, ob es ihr gefiel. Ich fühlte mich wie ein gespannter Bogen, zitterte vor Aufgeregtheit – bis Ariadne den Pfeil löste. Unvermittelt beugte sie sich vor, küsste mich. Danach ging alles sehr schnell: Wir zerrten uns unsere Kleidungsstücke von den Körpern, ich hob sie ins Bett, wir hatten Sex. Zum ersten Mal in einer langen Zeit vergaß ich Aurora. Ich dachte nicht mehr an ihren Körper unter meinen Händen, an ihre kalten Augen. Ariadne war jetzt hier bei mir, ihre Augen waren dunkler Honig, hier konnte ich mich fallen lassen. Wie ihre mythologische Namensgeberin führte sie mich aus dem Labyrinth meiner Gedanken. Spannte mit ihrem Lächeln und ihren Liebkosungen einen Faden, der mich aus meinem Tief ans Licht führte.

Sie kuschelte sich an meine Brust, während unser Atem sich beruhigte. »I didn't expect this to happen«, sagte ich und meinte damit nicht den Sex, sondern wie wohl ich mich mit ihr fühlte. Ariadne verstand mich falsch. Ich hätte sie in mein Hotelzimmer eingeladen. Was ich denn sonst erwartet hätte? »Nicht das« war die Antwort.

An meinem letzten Tag in Barcelona fuhr ich noch einmal an den Strand. Ich wollte so viel Meeresrauschen und Seeluft tanken wie möglich. In Strandnähe fand ich – versteckt in einer engen Gasse zwischen Wohnhäusern – eine kleine Bar. Katalanische Flaggen hingen an den Wänden. Auf dem Boden lagen benutzte Servietten und Brotkrümel. Ich setzte mich an ein großes Fenster. Zu Beginn befanden sich außer mir nur zwei Kellner in der Bar. Sie unterhielten sich in lautem Katalanisch. Ich bildete mir ein, den Unterschied zu Spanisch langsam herauszuhören. Später kam eine Familie mit Kindern herein, die herumrannten und erst aufhörten, als sie eine Flagge von den Wänden rissen. Ich beobachtete die Familie, insbesondere einen kleinen Jungen, der ruhig am Tisch saß: auf eine Hand gestützt, mit dem Gesicht tief in einem Buch versunken, keine Augen für das Tohuwabohu um ihn herum.

Auch ich war bei Familienfeiern immer das ruhige Kind gewesen. Das Kind, das man vergaß, weil es nie redete. Weder hatte ich laut geschrien noch begeisterte es mich, sinnlos herumzurennen. Die Schwestern meiner Mutter meinten oft, dass ich nicht normal sei, dass Kinder sich doch verausgaben, ihre Grenzen austesten mussten. Meine Mutter hingegen verstand mich. Sie bot mir jede Möglichkeit an, zwang mich zu nichts. Ich wollte wenig: Mit meiner Mutter an meiner Seite und einem Buch war ich das glücklichste Kind. Mehr hatte ich nicht gebraucht. Doch heute … heute war das anders. Ich stockte. *Wer bin ich überhaupt?*

Ich hatte nicht einmal daran gedacht, ein Buch mit nach Barcelona zu nehmen. Wann ich das letzte Mal eines gelesen hatte, fiel mir auch nicht ein. Früher hatte ich jeden Abend gelesen. Warum hatte ich aufgehört? »Musst du jetzt echt noch lesen? Bei dem Licht kann ich nicht einschlafen.« Ich hörte Auroras Stimme, als säße sie neben mir. »Was liest du da?« Ich hatte es ihr gesagt, ihre Reaktion war ein Schulterzucken gewesen – und da es ihr nicht gefiel, hatte es mir nach und nach auch keine Freude mehr bereitet. *Wieso habe ich das nie bemerkt?* Ich hatte mich für Aurora verändert, ohne es zu wollen.

Das bekannte Engegefühl legte sich auf meine Brust. Ich stand auf. Ein Buch – ich musste jetzt unbedingt ein Buch haben. Ich musste eines kaufen. Jetzt sofort. Dem Kellner ließ ich das Geld auf dem Tisch zurück, eilte in Richtung Innenstadt. Glücklicherweise dauerte es nicht lange, bis ich auf eine Buchhandlung stieß. Sie führte auch englischsprachige Bücher, und ich fand einen Titel von Dan Brown. Seine Krimis hatte ich früher immer gemocht. Auf dem Weg zur Kasse hielt ich inne. Wollte ich dieses Buch kaufen, weil es mich wirklich interessierte? Oder wollte ich es nur aus Trotz kaufen, um damit gegen Auroras Einfluss anzukämpfen? Unsicherheit machte sich in mir breit. Ich betrachtete das Buch in meiner Hand, ließ das Cover auf mich wirken, las den Klappentext. Eigentlich interessierte es mich gerade überhaupt nicht, deshalb stellte ich es zurück ins Regal. Mochte ich also grundsätzlich keine Bücher mehr oder einfach nur dieses eine nicht? Ich hatte darauf keine Antwort und war vollkommen verwirrt. *Was für Dinge mag ich wirklich?* Ich musste mir klar darüber werden, was mir gefiel, und nicht darüber nachdenken, ob es in Übereinstimmung oder Opposition mit Auroras Meinung dazu stand.

Ariadne kam um kurz vor Mitternacht noch einmal zu mir ins Hotelzimmer. Sie begrüßte mich mit einem Kuss, der sich vertraut anfühlte. »How was your day, handsome?« Ich erzählte es ihr in groben Zügen, ließ meine Sinnkrise dabei aus. Ich führte sie zum Bett. Viel lieber als reden wollte ich ihr körperlich nah sein. Sie verstand, und mit ihrer Hilfe schob ich die Gedanken an Aurora noch eine Nacht von mir weg.

Ariadne begleitete mich zur U-Bahn, die mich zum Flughafen brachte. Noch ein paar Tage mehr mit ihr wären traumhaft gewesen. »I wish we met sooner.« Sie drückte meine Hand. »It is, how it is«, sagte sie, und ich bewunderte sie für ihre Gleichgültigkeit. Wir wollten Kontakt halten, freundeten uns auf Facebook an, folgten uns auf Instagram. Ich küsste sie ein letztes Mal. Bevor ich in die U-Bahn stieg, fragte ich sie, ob sie jemals professionell getanzt habe. Sie bejahte es: »I danced ballet for a couple of years. Why you asking?« *Ich wusste es!* Anstelle einer Antwort küsste ich sie noch ein zweites letztes Mal.

Ich saß am Gate und wartete darauf, dass das Boarding starten würde. In Gedanken war ich noch bei Ariadne und unserer gemeinsamen Nacht. Wie ging die Geschichte von Theseus und Ariadne in der griechischen Mythologie eigentlich aus? *Bin ich ihr Theseus?* Würden wir beide heiraten, nachdem ich ihren Bruder, den Minotaurus, getötet hatte? Ich grinste. War Aurora der Minotaurus in dieser Metapher? Ich nahm mir vor, die Geschichte nachzulesen. Für einen Moment geisterte Aurora durch meinen Kopf. Der Gedanke an sie lähmte mich nicht mehr so allumfassend. Das war ein Anfang. *Kleine Schritte, Luca.*

Mein Handy klingelte. »Mama« rief mich an. Sie wusste, dass ich heute zurückflog. Ich nahm ab: »Gerade noch rechtzeitig. Ich steige gleich in den Flieger.«

Meine Mutter sagte etwas, doch ich verstand sie kaum, ihre Stimme klang leise und belegt. »Kannst du das wiederholen?« Sie räusperte sich, dann sprach sie deutlich in den Hörer. Sie würde mich vom Flughafen abholen kommen. Mein Vater war gestern Nacht ins Krankenhaus eingeliefert worden. »Er hat es leider nicht geschafft.«

2

Mein Vater glaubte, dass Traditionen eine Familie stärken. Das gemeinschaftliche Singen um den Weihnachtsbaum verband. Laut ihm sollte eine Avocado nicht mehr als zwei Euro kosten, und wer Pommes mit Mayonnaise aß, gehörte bestraft. Hamster waren die besten Haustiere. Schwule Männer fanden ihn attraktiv, und das Arschloch im Finanzamt hasste ihn. Alle hochrangigen Politiker waren korrupt, ansonsten wären sie nicht an der Macht. Fernseher im Schlafzimmer störten den Schlafzyklus, und Handystrahlung führte zu Unfruchtbarkeit, egal, was Ärzte sagten. Er glaubte, dass Lügen das Schmieröl der Gesellschaft waren und Liebe schwächte.

Mein Vater glaubte an viele Dinge, aber nicht an sich selbst.

»Wie hat er …?«

»In der Abstellkammer am Querbalken.«

Eine Nachbarin hatte ihn gefunden. Ich suchte die Kirche nach ihr ab. Sie saß in der hintersten Bank und verschmolz mit dem grauen Hintergrund, so farblos war ihr Gesicht, so ausdruckslos ihre Miene. An dem Tag hatte sie ihre Brille nicht getragen. Erst als einer seiner Arme zuckte, hatte sie erkannt, dass er kein Box-Sack war.

Viele Menschen waren zur Beerdigung gekommen. Ob er wusste, dass so viele Menschen um ihn trauerten? Bene und ich wurden mit Geld und mitleidigen Blicken beschenkt. Mein Bruder trug die Sonnenbrille, die unser Vater ihm gegeben hatte. Sie rutschte ihm ständig von der Nase. Die Zwillingsschwestern meines Vaters hielten die Grabrede. Ich kannte sie flüchtig, von seinen Geburtstagen. Ihre Blicke waren vorwurfsvoll. »Willst du oder dein Bruder auch etwas sagen?«, fragte Mathilda, die zwei Minuten Ältere der beiden. »Er war schließlich euer Vater.« Wir wollten nicht. »Das war mir klar«, sagte sie und redete nicht mehr mit uns. Ihre Schwester Barbara folgte ihrem Beispiel. Meine Mutter ignorierten die Zwillinge prinzipiell.

Die Urne stand auf dem Altar. Sie war kleiner als das schwarz gerahmte Foto meines Vaters, das daneben aufgestellt war. Mehr ist von ihm nicht übrig geblieben. Ich hätte ihn noch ein letztes Mal sehen wollen – um mich zu verabschieden, mir die Realität begreiflich zu machen. Doch die Einäscherung hatte eher stattgefunden. Bene und ich durften die Urne halten. *Sie wiegt so wenig.* Nach der Trauerfeier standen wir vor dem Flecken aufgewühlter Erde. Ein Kreuz mit seinem Namen steckte darin. Der Grabstein würde dauern. Alles kam mir unwirklich vor.

Wir verstanden nicht, warum unser Vater es getan hatte. Es existierte kein Abschiedsbrief. »Wieso hat er nicht mit uns geredet?«, fragte Bene. »Er hat doch sonst so viel erzählt.« Ich zuckte die Schultern. Meine Mutter sagte: »Euer Vater redete viel, aber sagte wenig. Über die Dinge, die ihn bedrückten, hat er nie geredet.« Meine Hände zitterten. Ich ballte sie zu Fäusten. Mein Vater hatte mich angerufen, als ich in Barcelona war. Bene hatte keinen Anruf erhalten. Mein Vater hatte mit mir sprechen wollen – aber ich nicht mit ihm. Hatte er sich verabschieden wollen? Brauchte er meine Hilfe? Würde er noch leben, wenn ich abgenommen hätte?

Bene schaute auf meine geballten Hände. »Wieso nennst du ihn eigentlich nie ›Papa‹?«, fragte er mich. »Du weißt, dass ihn das immer verletzt hat. Du bist nicht fair zu ihm.« Vielleicht stimmte Benes Anschuldigung. Ich war nicht wirklich fair zu ihm. In meinem Zimmer in München lag die Postkarte aus Singapur, von der ich behauptete, ich hätte sie nie erhalten. »Schatz«. Meine Mutter wurde von Bene unterbrochen. »Nein, du bist genauso. Du und Luca gebt ihm keine Chance. Gegen euch beide hatte er nie eine Chance.« Wir hörten Türen knallen, danach war Stille. Ich wusste nicht, wann ich aufgehört hatte, ihn »Papa« zu nennen. War es nach der Scheidung gewesen oder schon davor? »Papa« fühlte sich nie richtig an.

Ariadne schickte mir Bilder ihres Brunches. Ein Latte Macchiato mit Chia-Samen und ein Sesambagel. Sie erkundigte sich: »What are u up to?« Ich erwähnte den Tod meines Vaters nicht. Kein Mitleid bitte, keine aufmunternden Gespräche. Ich wollte, dass alles wieder normal wurde. Mein Vater war kaum in meinem Leben, als er noch gelebt hatte. Welchen Unterschied machte es wirklich? Abends schickte mir Ariadne Sprachnachrichten, in denen sie sexy Dinge auf Katalanisch sagte. Ich versuchte, sie zu erraten, war begeistert von der Melodie ihrer Stimme. Aurora hörte sich nie so gut an. »I really want to go back to Barcelona and visit you«, schrieb ich. Sie antwortete, dass sie mich gerne besuchen kommen würde.

Sarah klingelte mich aus dem Schlaf. Ihre Stimme überschlug sich fast: »Wieso hast du nichts erzählt? Ich wäre sofort zu dir gekommen!«

»Wie hätte ich es dir sagen sollen? Hallo, Sarah, mein Vater ist tot. Kommst du bitte?«

»Soll ich jetzt kommen? Brauchst du Ablenkung?«

»In München dann wieder. Aber danke dir.«

Ich schlief weiter, träumte unzusammenhängend: Von meinem Vater, der Aurora küsste, von Ariadne, die Bene tröstete, von ewigen Zielgeraden. Ich war ständig müde.

Zur Testamentsverlesung rückten Mathilda und Barbara an. Sie zeigten sich überrascht von den hohen Schulden, die unser Vater angehäuft hatte. Seine Eigentumswohnung ließ sich nicht halten. Die Kosten für Beerdigung und Grabstein überstiegen den Wert seines Besitzes. Der Notar legte Bene und mir ans Herz, alle bedeutsamen Gegenstände aus der Wohnung zu holen, bevor der Pfänder die Inventur begann. Ich bedankte mich. Bene sagte kein Wort, schon seit Tagen nicht. Als meine Mutter mit mir zwei Tage später zur Wohnung unseres Vaters fuhr, hatten seine Schwestern bereits alle Wertgegenstände ausgeräumt. Benes selbstgemaltes Bild lehnte an der Spüle. Meine Mutter nahm es mit, legte es Bene vor die Tür. Ich fand es am nächsten Tag zerrissen in unserem Müllcontainer.

Einige Abende verbrachte ich bei Markus, während Madlene bei ihrer Mutter war. Er war der Erste, dem ich von Ariadne erzählte. Ich spielte ihm ihre Sprachnachrichten vor. »Schärfer geht es nicht«, meinte er. »Du hast ein Händchen für Frauen,

Luca.« Auf Markus' Couch verflog meine Lethargie. Mit ihm vergaß ich alles eine Zeit lang.

»Frag Ariadne, ob sie schon einmal Bier aus einem richtigen Maßkrug getrunken hat«, sagte Markus. »Das müssen wir unbedingt mit ihr machen, wenn sie kommt.« Ich schrieb ihr und erhielt zwei Tage später die Antwort. Auch danach ließ Ariadne sich Zeit mit ihren Antworten, obwohl sie ständig online war. Sie sendete keine Sprachnachrichten mehr, stieg auf keine meiner anzüglichen Witze ein. Wenn sie schrieb, blieb sie lustig, aber oberflächlich. Ich fühlte mich an Aurora zurückerinnert. *Sie hat mich genauso hingehalten.* Ich googelte die Sage von Theseus und Ariadne, ganz gleich, in welcher Variation der Geschichte: Für beide gab es nie ein Happy End. In einer Version erhängte sich Ariadne, nachdem Theseus sie verlassen hatte. In einer anderen wurde sie von Dionysos zur Frau genommen. Ich fühlte die Ablehnung, die ich von Aurora kannte. *Dass mein Vater tot ist, tut weniger weh, als dass Aurora nicht mehr in meinem Leben ist.* Ich schämte mich für den Gedanken.

Mein Handy blinkte, Noah schrieb. »Luca, es tut mir leid, dass ich mich nicht schon eher gemeldet habe. Ich bin nicht gut in so was. Ich hoffe, es geht dir den Umständen entsprechend gut. Falls du reden willst: Ich bin für dich da.« Ich drückte auf das Vampir-Emoji und blockierte Noah.

Ich blockierte Ariadne überall, downloadete Grindr erneut und öffnete meine Dating-Apps.

BERNHARD

1

Es war schon spät. Von einem Mädchen auf Tinder bekam ich einsilbige Antworten. Ein zweiunddreißigjähriger Oberkörper auf Grindr schrieb mich an: »Schönes Profilbild.« Ich begutachtete seines. *Alles besser als alleine sein.* »Hast du Lust auf ein Treffen? Heute noch?« Er ließ sich Zeit mit seiner Antwort. »Wohne in der Müllerstraße. Wann kannst du da sein?«

Mein Fahrrad war in München, also fuhr ich mit Henriks. Die Tür lehnte an, auf dem Klingelschild las ich Bernhard Wagner. Sein Lächeln war ehrlich, seine Falten unübersehbar. Er war erst vor Kurzem mit seiner Katze aus Österreich hergezogen. Er bot mir Wein an, und wir leerten die Flasche. Mit gelockerter Zunge fragte er mich: »Nachts bei einem fremden Mann in seiner Wohnung? Schon ein bisschen leichtsinnig von dir.«

»Darüber mache ich mir keine Sorgen. Ich habe schon genug.«

Wir verschoben die Unterhaltung ins Schlafzimmer. Seine Katze schaute zu, gesellte sich zum Kuscheln danach zu uns.

»Lass uns das gerne öfter machen«, sagte Bernhard, und ich verkrampfte innerlich.

SPORTYBOY

1

Anstatt mit meiner Mutter und Henrik ins Kino zu gehen, radelte ich zur Eglheimer Furt. Dort wartete ich auf einen Mann, der im Chat behauptete, blond, ein Meter fünfundachtzig, muskulös und gut bestückt zu sein. Auf den ersten Blick hielt er seine Versprechen.

»Ich bin nicht geoutet«, sagte er.

»Ich mache so etwas sonst auch nicht«, sagte ich.

Er führte mich zu einem ausgehöhlten Baumstamm. Dort zeigte er mir, dass alle seine Behauptungen stimmten.

IVAN

1

Wir trafen uns nachts auf dem Sportplatz der Mittelschule. Ich spürte einen Flaum über seiner Oberlippe. »Wie alt bist du noch mal?«, fragte ich ihn.

»Alt genug«, sagte Ivan.

Er war aufgeregt, ungelenk, aber enthusiastisch. Seine Oberschenkel waren größer als meine, kräftiger als Auroras. Wir tauschten unsere Telefonnummern aus. Bei der Verabschiedung fragte Ivan: »Kennst du Noah, der hier in der Volleyball-Mannschaft spielt? Du bist nicht zufällig Luca? Studierst du in München?«

Das heißt, Noah hat auch mit Ivan geschlafen – und erzählt Leuten von uns. Ich wollte ihn noch einmal blockieren. »Ich kenne keinen Noah.«

LEONIE

1

Die meiste Zeit lag ich in meinem Zimmer und bewegte mich nicht. Meine Aussicht erstreckte sich bis zu meinem Handy und selten weiter. Nachrichten von Freunden ignorierte ich. Auf gespielte Fröhlichkeit konnte ich verzichten. Ich kämpfte mit Magenschmerzen, die meine Mutter mit Pflaumen und Globuli bekämpfen wollte. Henrik lud mich jeden Tag ein, ihn zu begleiten: zum Baumarkt, in den Supermarkt, sogar in die Autowaschanlage. Er bat um meine Hilfe im Garten oder bei der Steuererklärung. Wenn wir einen Radiosender aussuchten, schlug er sich auf meine Seite. Wenn wir einen Film anschauten, hörte er auf meine Empfehlung. »Ich habe nicht vor, deinen Vater zu ersetzen«, sagte er, während wir durch die Autowaschstraße rollten. »Könntest du sowieso nicht. Du bist viel besser als er«, sagte ich. Meine Bemerkung ließ ihn stutzen. »Ich möchte nur, dass du weißt, dass ich immer da bin für dich und deinen Bruder.«

Bene kam regelmäßiger aus seinem Zimmer. Er aß wenig und sprach noch weniger. Er setzte sich nicht mehr ans Klavier, sondern auf eine Parkbank im Ort, beobachtete die Menschen. Die Freundinnen meiner Mutter gaben ihr Bescheid, wenn sie ihn bemerkten. Nachts sah ich das Licht der Schreibtischlampe unter seiner Tür durchscheinen. Ich hörte ihn bis in die Morgenstunden rumoren, während ich selbst wach lag: zwei Brüder, alleine in ihren Zimmern. Wir schliefen ein, wenn die Sonne aufging.

Markus wartete in unserer Küche auf mich, als ich mit Henrik hereinkam. »Wir gehen heute Abend ins K2, und du kommst mit«, sagte er. »Außer du hast andere Pläne.«

»Nein, hat er nicht«, schaltete sich meine Mutter in die Unterhaltung ein. »Du gehst! Das tut dir gut.«

Also zog ich meine zerrissene Jeans an, die Aurora mochte, und ging. Das K2 versprach Höhepunkte im Höhenrausch, aber lieferte ländliche Dorfkneipenatmosphäre. Falls Noah hier war, würde ich ihm eine reinschlagen. Markus und Madlene gaben die erste Runde aus, ich die nächsten drei.

Der Schweiß tropfte mir von der Stirn, die Jeans klebte mir an den Waden. Ich bildete mir ein, Aurora zu sehen, ärgerte mich darüber, wie sehr es mich aus der Fassung brachte. Ein Mädchen spiegelte auf der Tanzfläche meine Bewegungen.

»Ich mag deine Moves!«, schrie ich durch die Musik.

»Leonie«, schrie sie zurück. Sie hatte aufgemalte Augenbrauen und biss sich auf ihre Unterlippe, wenn sie mich anlächelte.

Wir knutschten auf der Tanzfläche, vor der Toilette, dann vor dem K2.

»Hast du Lust, etwas intimer weiterzufeiern? Ich zahle auch das Taxi zu dir«, sagte ich.

Sie drückte mich von sich weg, sagte, so etwas würde sie nicht machen.

»Das hat noch niemanden abgehalten, glaube mir«, erwiderte ich süffisant.

Ich küsste sie, aber sie stieß mich weg. »Für was hältst du mich? So geil bist du nicht, Idiot!«

Der Türsteher mischte sich ein. Ich nahm mir allein ein Taxi.

STARKERMANN

1

Im Dorfzentrum stieg ich aus. Nichts zog mich nach Hause. Ich setzte mich auf eine der Parkbänke, auf der Bene tagsüber saß. Leonies Worte rauschten wie Tinnitus in meinen Ohren. *So geil bist du nicht, Idiot!* Ich schrieb einem Kerl auf Grindr.

Wenig später rollte ein BMW an. Eine der getönten Scheiben wurde heruntergelassen. »Luca?«, sagte eine tiefe Stimme.

Ich stieg ein, bedankte mich für das Abholen, für die Spontanität. Seine Zähne schimmerten unnatürlich weiß durch seinen Vollbart. Er sagte mir seinen Namen, den ich nicht verstand.

Seine Wohnung war spartanisch eingerichtet, das Bett nahm die Hälfte des Schlafzimmers ein. Ich drückte ihn darauf. Er küsste gut, roch nach Moschus, aber ich wurde nicht hart.

»Soll ich mal?«, fragte er und gab sein Bestes.

Dennoch: Es funktionierte nicht. Ich bemerkte seinen Ärger. Er kam schnell und fuhr mich nach Hause. Ich putzte mir die Zähne, bis mein Zahnfleisch blutete. Im Flur begegnete ich Bene. Ich sagte nichts, er sagte nichts. Wir gingen in unsere Zimmer für eine weitere schlaflose Nacht.

MAX

1

Ich entkam dem Haus, floh vor Benes Schweigen, den besorgten Augen meiner Mutter und Henrik, der Hilfe beim Pflücken der Sonnenblumen brauchte. Ich fuhr mit dem Fahrrad in den Nachbarort. Mein Navi lotste mich zu einem Herrenhaus mit efeuüberwucherten Wänden. Das Tor surrte, und ich begrüßte Max. Seine gesendeten Fotos waren nicht aktuell gewesen, das sah ich auf den ersten Blick. Genügend Muskeln hatte er dennoch.

Er führte mich durch das Haus, vorbei an Zimmern mit verstreuten Spielzeugen und Bildern von ihm mit einer Frau. Ich fragte nicht. Er zog mich auf die Couch neben sich. Er roch metallisch und schmeckte auch so. Seine Hände waren rau, sein Griff fest.

Ich fühlte mich unwohl. »Kann ich etwas zu trinken bekommen?«

Er drückte meinen Kopf nach hinten, meine Luftröhre annähernd ab. »Später«, sagte er und legte sich auf mich. Er zerrte an meiner Kleidung.

Ich räusperte mich. »Ich denke, dass ich darauf nicht so stehe.«

Ich schob ihn weg, aber er hielt dagegen, zog sich wieder auf mich. »Das sagst du nur, weil du es noch nie versucht hast.« Er schob sich zwischen meine Beine. »Nein, ich bin mir ziemlich sicher.« Er drückte, zerrte und zog an mir. »Bitte, Max, ein anderes Mal.« Ich hätte nicht herkommen müssen. Ich hätte mit Henrik Sonnenblumen pflücken können. »Es wird dir gefallen. Ich passe gut auf«, keuchte er in mein Ohr. »Du bist so geil.« *Wenigstens er findet mich geil.*

»Okay«, sagte ich irgendwann.

Max knabberte, biss und stieß. Ich war eine Sonnenblume kurz vorm Verwelken: Mit jeder seiner Berührungen lösten sich mehr und mehr meiner Blätter – bis nichts mehr von mir übrig war.

MARIA

1

Kai sendete mir eine E-Mail, in der er sich entschuldigte, nicht eher geschrieben zu haben. Er plante einen Urlaub nach Lissabon und wollte mich dabeihaben. »Es wird wie in Barcelona«, schrieb er. *Keine Energie für so etwas.* Ich würde nicht mitkommen, bedankte mich aber für seine E-Mail. Wieder erwähnte ich meinen Vater nicht.

Kais Antwort kam unmittelbar. Die E-Mail beinhaltete nur einen Satz: »Wie geht es dir wirklich, Luca?« *Ich möchte nicht darüber nachdenken. Ich kann nicht darüber nachdenken.*

»Wie beschreibt man etwas, wofür es keine Worte gibt?«, fragte ich ihn.

Er antwortete am nächsten Tag: »Es verhält sich wie mit allen Dingen: Man fängt irgendwo an.«

Grindr hatte ich nicht mehr geöffnet, mit Maria matchte ich auf Tinder. Sie schlug den Mexikaner in Eglheim vor und empfahl mir den Chicken Burrito. Sie trug ein Cocktailkleid und zu viel Make-up, lachte sehr laut, legte beim Essen ihre Serviette auf den Schoß. Maria hatte Appetit: Auf dem Tisch löffelten wir aus einem Eisbecher, unter dem Tisch strich sie mit ihrem Fuß mein Bein hoch. Sie lud mich auf einen Kaffee zu sich ein.

Auf dem Weg erwähnte sie meine Mutter: »Trägt Nora das neue Top auch? Sie hat ewig damit gehadert, bevor sie es gekauft hat.«

»Du kennst meine Mutter?«

Maria lachte aufdringlich. »Sie kommt fast jede Woche zu uns in den Laden. Ich mag sie echt.«

Beim nächsten Besuch meiner Mutter würden die beiden bestimmt über mich reden. *Wie hat mein Sohn sich verhalten, war er nett und zuvorkommend? Ihr Sohn ist so toll, hat aber im Bett keinen hochbekommen.* Schlagartig verlor ich jegliche Lust an Maria. Ich umarmte sie an der Haustür und machte auf dem Absatz kehrt.

Meine Mutter saß über ihren Kochbüchern, neben sich einen üppigen Strauß von Henriks Sonnenblumen. »Du bist früh zurück. Wie war der Abend?«

Ich wich ihrer Frage aus, legte meinen Kopf auf die verschränkten Arme.

»Wie geht es dir, Luca?«

Immer diese Frage! »Mir geht es gut. Wieso fragt mich das jeder?«, murmelte ich.

Ich hörte das Geräusch eines Feuerzeugs. »Du bist zwar hier, Luca«, sagte meine Mutter und schob eine Sonnenblume zur Seite, um mich besser sehen zu können. »Aber ich kann dich nicht greifen. Bene ist traurig, redet wenig – aber ich verstehe mehr, was in ihm vorgeht als in dir.«

Ich zuckte meine Schultern, roch den Zigarettenrauch.

»Manchmal zweifele ich daran, wie gut ich dich kenne«, sagte sie.

Sie kannte mich auch nicht: Wie abweisend ich zu meinem Vater war. Mit wie vielen Männern ich mich getroffen hatte. *Was, wenn ich morgen sterbe und meine Mutter die Chatverläufe mit den Kerlen auf Grindr entdeckt?* Wenn ich über diesen Teil von mir gelogen hatte, wie konnte sie sicher sein, dass ich nicht noch mehr verheimlicht hatte? Sie durfte nicht das Gefühl haben, ein Leben lang belogen worden zu sein. Ich sollte es ihr sagen. »Mama, ich …« Es würde kein Zurück mehr geben. Sie würde enttäuscht von mir sein, sich um mich sorgen. Mich eklig finden? *Ich kann es nicht. Nicht jetzt.* »… ich kenne mich selbst manchmal nicht.«

Sie tätschelte meinen Kopf. »Vergiss deine Pflaumen nicht. Morgen gibt's Steinpilz-Risotto.«

JANIS

1

Ich löschte Grindr von meinem Handy, sicherte mir davor aber noch die Telefonnummer von Janis.

Sein Schreibstil erinnerte mich an Auroras. »Ich möchte dich gerne sehen«, schrieb er.

»Kennst du den hohlen Baumstamm an der Furt?«, schrieb ich.

Janis war dünn, aber unsportlich. Seine Boxershorts waren geblümt, vereinzelte Haare fanden sich auf seiner Brust. Ich packte ihn hart an. Er stöhnte laut, also hielt ich ihm den Mund zu. Als wir fertig waren, klang Janis' Lachen hohler, seine Mimik hatte an Leichtigkeit verloren. Er verabschiedete sich halbherzig, schaute mich dabei nicht an. Henriks Sonnenblumen verwelkten langsam. Ich strich über ihre Blüten, die wegen meiner Berührung abfielen.

Ich schloss mich in mein Zimmer, sperrte die Welt aus und schrieb: »Kai, mir geht es nicht gut. Ich kann nicht essen, nicht schlafen, nicht reden, nicht denken, nicht atmen. Ich bin in einem tiefen Loch. Ich falle und habe Angst vor dem Aufprall.«

Kai antwortete schnell: »Ich bilde mir nicht ein zu wissen, was in dir vorgeht, Luca. Allerdings möchte ich dir sagen: Meiner Erfahrung nach muss man erst ganz unten ankommen, bevor man die Freiheit hat, alles zu erreichen.«

»Woran merke ich, dass ich unten angekommen bin?«

»Indem es nur noch aufwärtsgehen kann.«

Beim Abendessen eröffnete meine Mutter uns, dass Bene bei einem Psychotherapeuten war. »Er wird öfter hingehen. Wir glauben, es tut ihm gut.« Meine Mutter griff nach Henriks Hand. Bene kaute und nickte. »Soll ich auch mal wegen dir anfragen, Luca?«, wandte sich meine Mutter an mich. »Schaden kann es nicht.«

Ich weigerte mich. Meine Mutter protestierte, aber ich blieb unnachgiebig.

In der Nacht klopfte es an meiner Zimmertür. Bene legte sich zu mir ins Bett. »Es ist okay, wenn du nicht dorthin gehen willst, Luca«, sagte er. »Du bist stärker als ich. Vielleicht brauchst du es nicht.«

Bin ich wirklich stärker? Stark genug? Ich kitzelte Bene. »Habe dich vermisst, Kleiner!«

»Ich dich auch.«

In dieser Nacht schlief ich durch – zum ersten Mal seit Langem. Ich wachte mit einem Versprechen an mich selbst auf: Ich würde nichts Oberflächliches mehr mit Männern oder Frauen anfangen, nur um begehrt zu werden, nur um nicht alleine zu sein. Es war keinem gegenüber fair, auch mir selbst gegenüber nicht.

CLEMENS

1

Mein Ein-Zimmer-Apartment freute sich über meine Rückkehr: Der Router blinkte, der Staub tanzte, die halbvertrockneten Orchideen hoben mit letzter Kraft den Kopf.

In der Einsamkeit hatte der Joghurt im Kühlschrank dem Gorgonzola nachgeeifert und Schimmel angesetzt. Die Milch flockte mit. Ich bezog mein Bett und legte mich hinein. Die Leere neben mir war schwer zu ertragen. Vor wenigen Wochen lag ich hier noch mit Aurora. Zu viel war seitdem geschehen. Hatte sie vom Tod meines Vaters gehört? Wenn ja, hätte sie mir geschrieben, oder wäre sie zu mir zurückgekommen? *Luca, sei nicht naiv! Sie kümmert sich nicht mehr um dich. Sie wird nie wiederkommen. Sie hat ihren Milo – oder schon den Nächsten.* Wieso übte sie so viel Macht über mich aus? Würde es jemals besser werden? Ich riss die Fenster auf, rief Sarah an. Sie brachte Pizza vorbei, setzte sich auf mein Bett und füllte die Leere darauf aus.

»Ich schlafe schlecht, Sarah. In meinen Träumen sehe ich Aurora«, erzählte ich ihr. »Am Schlimmsten sind die Träume, in denen sie noch meine Freundin ist. Nicht wegen des Traums, sondern wegen des Aufwachens.«

»Träumst du von deinem Vater?«, fragte sie mich.

Ich sagte, ich würde ihn dort nicht sehen. Ich log. Er war ein Gesichtsloser in all meinen Träumen: mit Augen aus Reue und einem Mund aus Vorwürfen.

Die ersten Tage des neuen Semesters gestalteten sich zäh. Meine Kurse begeisterten mich nicht. Ein Dozent sagte, dass wir über unser Bachelor-Arbeits-Thema nachdenken sollten. »Euer letztes Semester kommt schneller, als ihr denkt.«

Ich war beunruhigt, Sarah chillte: »Der soll mal nicht so stressen. Er trägt bestimmt auch seine Pinkelpausen in den Terminkalender ein.«

Nach den Vorlesungen zog mich Sarah auf die Beine, auf Fahrräder und Rollerblades, zu Pub Crawls und Spieleabenden. In den Momenten, in denen ich die Welt ausschließen wollte, zwang ich mich zu leben. Theo war mit von der Partie: In den Pubs trank er meine Gläser aus, wenn ich nicht mehr wollte. Im Englischen Garten fütterte er die Enten mit meinen Brotresten und wich schnappenden Schwänen aus.

Meine Bauchschmerzen besserten, mein Schlafrhythmus normalisierte sich. Solange ich keine Zeit hatte nachzudenken, fühlte ich mich gut. Nur abends alleine in meinem Bett existierte keine Ablenkung. Meine Gedanken wurden ohrenbetäubend: *Dein Vater hätte nicht sterben müssen. Du wirst von allen verlassen, die dir etwas bedeuten.* Ich beschallte meine Gedanken mit Filmen und Musik, wischte mich durch meine verbliebene Dating-App.

Kurz entschlossen hatte ich mich entschieden, wie in Barcelona mein Tinderprofil in München auch für Männer freizuschalten. Im Gegensatz zu Grindr zeigte ich dort in den Bildern mein Gesicht. Der Gedanke, auf der Straße von irgendwelchen Männern, die mich in der App gesehen hatten, angesprochen zu werden, beunruhigte mich. In Eglheim würde ich es mich nicht trauen. Einmal erkannte ich einen Studenten aus meiner Vorlesung und wischte ihn sofort links weg. Ich schrieb mit einigen Leuten, aber traf mich mit niemanden. Ich hielt mich an mein Versprechen.

Dienstags verabredeten Sarah und ich uns zum Lernen in der Staatsbibliothek. Das Herbstwetter hatte München fest im Griff, das Gebäude war stickig und kühl. Sarah verspätete sich wie üblich. Ich suchte für uns beide einen Platz. Die meisten Tische belegten Jurastudenten mit ihren MacBooks und durchsichtigen Plastiktaschen, freie Tische bildeten eine Ausnahme. Mir gegenüber saß ein Mann, der frustriert in seine Tastatur hämmerte. Er bemerkte meinen Blick. »Du hast nicht zufällig eine Ahnung von Laptops?«, flüsterte er.

»Zufällig schon«, sagte ich.

Der Bildschirm zeigte eine Fehlermeldung an: Der Mann las die Meldung als »Laptop kaputt, Daten weg« und fluchte laut. Ich las sie als »falsches Software-Protokoll überschrieben« und beruhigte ihn. Sarah kam etwas später dazu, rotwangig und mit zerzausten Haaren. Zusammen sicherten wir die Daten und setzten den Laptop neu auf. Ich erkannte medizinische Termini in seinen geöffneten Anwendungen.

Der Mann dankte uns mit einem Gutschein für eine Tasse Kaffee in der Cafeteria, den wir sofort einlösten.

»Wir sind immer dienstags hier, falls du noch einmal Hilfe mit irgendeinem deiner Geräte brauchst«, sagte ich, der Zweideutigkeit meiner Worte unbewusst.

»Gut zu wissen«, antwortete er. Im marmornen Eingangsbereich fingen die Wände seine tiefe Stimme ein, warfen sie basslastiger zurück. »Ich halte meine Augen nach euch offen.«

Den restlichen Tag fasste ich die Vorlesungsfolien zusammen und ignorierte den Mann mir gegenüber: Sein Ringen mit verknoteten Kopfhörern, das gedankenverlorene Streichen über seinen Drei-Tage-Bart, sein Bleistiftknabbern. Er war bestimmt hetero. *Schlag es dir aus dem Kopf.* Ich rechnete Annäherungsgleichungen und ärgerte mich über mich selbst. Noch mehr ärgerte ich mich, als sein Platz plötzlich leer war.

Die nächsten Wochen erspähte ich ihn des Öfteren. Er trug Flanellhemden, die ihm sehr gut standen. Oft flüsterte er mit seinen Nachbarn – meistens gut aussehenden Frauen. Zwei Plätze in seiner Nähe waren selten frei. Die wenigen Male, an denen Sarah und ich an seinem Tisch saßen, grüßte er mich. Einmal zwinkerte er mir sogar zu. Ich bildete mir nichts darauf ein: vermutlich nur ein nervöses Zucken.

Auf dem Klo öffnete ich Tinder. Das dritte Profil war er. Ich las seinen Namen: Clemens. Ich las sein Alter: dreiunddreißig. *Er ist viel zu nah. Sarah ist hier.* Was, wenn er mein Profil gesehen hatte? Was, wenn er etwas sagte? Ich wischte instinktiv nach links und spülte. Zurück an meinem Platz beobachtete ich ihn. Nur wenige Folien wurden von mir an diesem Tag zusammengefasst.

Am nächsten Dienstag trug Clemens ein blau-weiß gestreiftes Flanellhemd, er hatte seinen Drei-Tage-Bart gestutzt. Ich überlegte, ob ich ihn ansprechen sollte. Ob ich es überhaupt wollte. Während meiner Überlegungen kam Clemens auf mich zu und setzte sich auf Sarahs freien Stuhl. »Mein Laptop spinnt wieder«, flüsterte er, und es klang nach Weltuntergang. »Meine gesamte Präsentation ist darauf. Ich muss sie morgen halten.«

Sein Computer war abgestürzt, ließ sich nicht mehr neu starten. Dieses Mal las auch ich »Computer kaputt, Daten weg«. »Hast du es irgendwo zwischengespeichert?«, fragte ich.

»Ja, eine etwas ältere Version davon. Aber ohne funktionierenden Laptop kann ich nicht darauf zugreifen.«

»Nimm meinen. Ich brauche ihn nicht so dringend wie du.« Clemens schüttelte den Kopf, doch ich überzeugte ihn.

»Bist du dir sicher?«, fragte er.

»Ich sehe dich da drüben sitzen. Am Abend lädtst du das Ganze auf einen Stick und gibst mir den Laptop zurück, bevor du gehst. Kein Problem.«

Als Sarah hereinspazierte, wunderte sie sich über meinen fehlenden Laptop. Ich erklärte es ihr.

»Du Samariter«, flüsterte sie. »Dann kannst du gleich ein gutes Wort für mich einlegen.« Sie zuckte mit den Schultern. »Was schaust du so? Er ist genau mein Typ.«

Nachdem Sarah gegangen war, schlug ich die Zeit tot, indem ich wahllos Bücher aus den Regalen zog und die verbliebenen Studenten beobachtete. Ich erkannte abstrakte Rechnungen auf den Bildschirmen, Sekundärliteratur und Seminararbeiten – aber auch eine Studentin, die Fortnite spielte. »Hier habe ich besseres Internet als zu Hause«, flüsterte sie. Ich sah ihr eine Weile dabei zu, bis mir kalt wurde und ich mich aus dem Zug stellte.

Clemens arbeitete bis kurz vor Mitternacht an seiner Präsentation. Er gab mir ein großes Dankeschön und meinen Laptop zurück. »Ich bin dir wirklich etwas schuldig«, sagte er und legte seine Hand an meine Schulter. »Ich kaufe dir jedes Mal einen Kaffee, wenn wir uns sehen.«

Ich bemühte mich um einen beiläufigen Tonfall: »Du kannst mich auch einfach einmal zum Essen einladen.«

»Wie du möchtest. Gib mir am besten deine Telefonnummer«, sagte er. »Ich bin übrigens Clemens.«

Ich weiß. »Luca«, sagte ich, als der Taschenkontrolleur uns aus der Halle scheuchte.

Wir setzten das Essen auf Freitag an. Ich wusste nicht, ob es ein Date war oder nicht. Wie verhält man sich auf einem Vielleicht-Date? Bene rief mich an und spielte mir auf dem Klavier *Nuvole Bianche* vor. Ich lauschte der traurigen Melodie, wollte, dass sie nie endete. Zwischen meinen Lehrbüchern zog ich eine Postkarte heraus. Es war die Postkarte meines Vaters aus Singapur. Ich hatte vergessen, dass sie hier lag, war auf den emotionalen Schlag nicht gefasst gewesen.

Hallo, Luca!
Singapur ist eine tolle Stadt. Coole Gebäude, gutes Essen (Straßenhändler!) und zuvorkommende Menschen. Ich habe einen wunderschönen Platz am Clifford Pier gefunden mit Blick auf das Marina Bay Sands. Der Sonnenuntergang raubt einem den Atem. Irgendwann reisen Bene und du auch mal mit mir hierher. Dann zeige ich euch, was ich meine. Liebe dich, dein Vater.

Ich lief durch die Nachbarschaft, vergaß meine Jacke, aber drehte deswegen nicht um. Ich lief und lief, bis die Kälte den Schmerz in mir übertönte. *Papa, es tut mir leid! Es tut mir leid, dass du in dem Glauben gestorben bist, dass dich keiner liebt.*

Ich wachte mit Fieber auf, dachte, es würde im Laufe des Tages besser werden, aber ich fühlte mich am Freitag noch miserabler. Mit zitternden Fingern schickte ich Clemens eine Absage für unser Vielleicht-Date. Er erkundigte sich, wie es mir gehe, ob man sich um mich kümmere, ich Medikamente gegen das Fieber nehme. Ich meinte, es würde auch ohne gehen.

»Wo wohnst du? Ich bringe dir etwas vorbei«, schrieb er.

Bestimmt nicht. Er wird mich sicher nicht in dieser Verfassung sehen. Ich schrieb, dass es nicht notwendig war.

»Rede keinen Unsinn. Wo wohnst du?«

Ich wollte, dass er vorbeikam, ich wollte nicht, dass er vorbeikam. Schlussendlich schrieb ich ihm meine Adresse. Aus meinem Plan, die Wohnung aufzuräumen, wurde nichts. Ich war zu zittrig, zu schwach und schwindelanfällig.

Als Clemens in meine Wohnung trat, öffnete er als Erstes das Fenster. Dann begutachtete er mich.

»Ich sehe scheiße aus.«

»Ja, das liegt am Fieber«, stimmte er mir zu. »Ich habe dir hier acht Tabletten Ibuprofen und acht Tabletten Paracetamol mitgebracht. Sie sind beide fiebersenkend.« Er zeigte mir die jeweiligen Tabletten. »Bist du gegen irgendetwas allergisch?« Ich schüttelte den Kopf und griff nach den Medikamenten. Er hielt sie von mir weg. »Hast du mir zugehört? Was ist das hier?« Er hielt eine Sorte Tabletten nach oben.

Ich wusste es nicht mehr. »Steht bestimmt hinten darauf.«

»Das hier ist Ibuprofen und das hier Paracetamol. Schau am besten, welche du besser verträgst. Ist bei jedem anders.« Ich lachte und verwirrte Clemens damit. »Halluzinierst du schon?«, fragte er.

»Falls du wirklich in meinem Zimmer sitzt, dann nicht. Du hörst dich wie ein richtiger Arzt an.«

»Vielleicht bin ich das ja«, sagte Clemens und hielt mir die Ibuprofenreihe hin. Ich drückte eine Tablette heraus, während er mir ein Glas Wasser ans Bett brachte.

»Das kann nicht sein«, sagte ich und richtete mich auf, um die Tablette zu nehmen. »Du bist noch Student, sonst würdest du nicht in der Staatsbibliothek lernen.«

Er holte einen Fiebermesser aus der Tasche. »Erstens: habe ich eine Präsentation vorbereitet und nicht gelernt. Zweitens: ist man als Mediziner nie wirklich am Ende seiner Ausbildung. Es gibt Promotion, Notarzt, Facharzteausbildung. Für alles muss man lernen – und unter anderem in der Staatsbibliothek sitzen.« Er streckte mir den Fiebermesser entgegen. »Jetzt den Mund auf.« Der Fiebermesser zeigte 39,2° an. »Falls das Fieber höher steigt, meldest du dich.«

»Mach ich, Herr Doktor.« Er schloss das Fenster. »Und danke dir, Clemens. Ich weiß es wirklich zu schätzen, dass du vorbeigekommen bist.«

»Nichts zu danken.« Clemens zwinkerte mir zu – dieses Mal definitiv kein nervöses Zucken. »Schau, dass du wieder gesund wirst, damit wir unser Date haben können.«

»Also doch kein Vielleicht-Date«, sagte ich, ohne nachzudenken.

Clemens lachte. »Wo denkst du hin? Natürlich ein richtiges Date. Ich mache keine halben Sachen.« Er schloss die Tür. Ich hörte ihn pfeifen, während er den Stockwerksflur hinunterlief. *Was würde Sarah sagen, wenn sie von dem Date wüsste?* Ich schlief ein.

2

Theo überraschte mich gerne. Schlaftrunken verließ ich mein Apartment und stolperte beinahe über eine kleine Schachtel, die vor meiner Haustür lag. Ich öffnete den beigelegten Zettel: »Damit du nicht gleich wieder krank wirst.« In der Schachtel fand ich eine Wärmflasche für körperliche Wärme, eine Tee-auswahl für innere Wärme und Bilder von süßen Welpen und Adriana Lima im Bikini für seelische Wärme. Ich schrieb Theo und bedankte mich. »Hast du heute Abend schon etwas vor? Im Mathäser zeigen sie alle drei Hobbitfilme«, schrieb er. »Da müssen wir hin.«

Ich bedankte mich noch einmal für die Geschenke und sagte ab. Ich schrieb Theo, ich müsse dringend in die Staatsbibliothek, was nicht stimmte: Heute fand mein Date mit Clemens statt.

Er hatte sich nach meinem Gesundheitsstatus erkundigt. »Für das, was ich mit dir geplant habe, möchte ich dich in bester körperlicher Verfassung haben, Kleiner.« Dazu sendete Clemens einen Zwinker-Smiley, der mir die Interpretation erschwerte.

»Keine Sorge, Großer«, antwortete ich ihm. »Ich bin fit wie ein Turnschuh.« Tatsächlich fühlte ich mich besser. Die Grippe war überstanden, und die Postkarte meines Vaters hatte ich in die hinterste Ecke meiner Schreibtischschublade verbannt. »Wo soll ich hinkommen?«

Ein dunkelblaues Mini Cabrio hielt an der Tierparkstraße neben mir. Mit Sonnenbrille und ohne Flanellhemd erkannte ich Clemens im ersten Moment nicht. »Ich hoffe, du hast deine Badehose eingepackt«, sagte er, während ich meinen Rucksack auf den Rücksitz schmiss und neben ihm Platz nahm. »Sonst musst du eine von mir anziehen oder nackt schwimmen. Was immer dir lieber ist.«

Clemens fuhr mit mir zum Starnberger See. Er wählte eine Route, die am Seeufer entlang durch ein Waldgebiet führte. Ich spielte DJ und freute mich, dass er die Lieder mitsang. Seine Stimme klang gut. Clemens' Eltern unterhielten ein kleines Ferienhäuschen direkt am Ufer. Ich zog mir meine Badehose an, er holte Surfbretter aus dem Schuppen.

»Ich habe noch nie gesurft. Ich weiß nicht, ob ich es kann«, sagte ich.

Clemens schlug sich mit der Hand gegen die Stirn. »Aus diesem Grund, Kleiner, sind diese Bretter fürs Standup-Paddeln.« Wir trugen sie ans Ufer und stießen uns ab. Auf den ersten Metern fiel ich zweimal ins Wasser, danach bekam ich ein Gespür für die Fahrdynamik. Bald trieb mein Brett schneller als Clemens'.

In der Mitte des Sees banden wir unsere Bretter zusammen. Clemens legte seinen Kopf auf meine Beine und erzählte mir von seinen Eltern, die ebenfalls Ärzte, aber bereits pensioniert waren. »Ich wollte schon als kleiner Junge Chirurg werden«, sagte er, und ich fragte mich, ob er sich das nur einredete, weil seine Eltern mit einer anderen Wahl nicht einverstanden gewesen wären. »Was machen deine Eltern?«

»Meine Mutter ist die Assistenz des Bürgermeisters«, sagte ich.

»In München?«

»In Eglheim. Ist ein kleines Dorf in Niederbayern. Da komme ich her.« Ich drehte mich auf die Seite, ließ Clemens' Kopf auf das Brett plumpsen. »Und mein Vater war Consultant bei einem Autodienstleister.«

Clemens zog meine Beine wieder unter seinen Kopf. »Dein Vater ist auch schon in Rente?«

»Nein, er ist gestorben.« Ich fror, obwohl die Sonne auf meine Haut niederbrannte. »Noch nicht lange her.«

»Das tut mir leid, Luca.« Clemens griff nach meiner Hand und küsste die Innenfläche – sehr zart, kaum wahrnehmbar. »Du hast schöne Hände. Richtige Chirurgenhände. Spielst du Klavier?«

Ich strich ihm durch seine Haare, die einzige Stelle, die ich erreichen konnte. »Nicht mehr. Zurzeit spiele ich die Tastatur. Etwa so.« Ich tippelte vorsichtig auf seinem Gesicht herum. »Das genügt mir.«

»Du bist genügsam, Kleiner. Eine wertvolle Eigenschaft, die ich noch lernen muss«, sagte Clemens, umgriff mein Becken und zog mich mit sich ins Wasser.

Zur Dämmerung fuhren wir zurück in die Münchner Innenstadt. Dort hatte Clemens einen Tisch im *Nage & Sauge* reserviert. »Der Name ist Programm«, sagte Clemens und zwinkerte mir zu. Wir bestellten Salatteller, Bier und Dessert. Clemens stellte viele Fragen, ließ mich reden, hörte aufmerksam zu. Er wirkte nachdenklich, seine Finger zogen Kreise auf der Tischdecke. Clemens griff nach der Rechnung, doch ich war schneller. »Ich übernehme das schon, Kleiner«, sagte er.

»Du hast alles andere geplant und gezahlt«, sagte ich bestimmend. »Das Essen übernehme ich.«

Clemens grinste. »Soll mir recht sein, aber ich fahr dich nach Hause«, sagte er.

Direkt vor der Amphibie war ein Parkplatz frei. »Das Schicksal meint es gut mit uns«, sagte Clemens. »Außer du möchtest den Abend hier beenden. Das ist auch vollkommen in Ordnung für mich.«

Ich hatte noch nie einen Mann in meine Wohnung eingeladen. »Ich kann dir aber keinen Kaffee anbieten«, sagte ich.

Clemens lachte und legte seine Hand auf meinen Schoß. »Ich denke nicht, dass ich heute Koffein zum Wachbleiben brauche.«

Clemens wirkte eigenartig groß in meinem Bett. *Aurora sah dagegen winzig aus.* Ich löschte das Licht und fühlte seine Hände meinen Rücken entlangstreichen. Er liebkoste meinen Hals, erforschte mehr mit seinem Mund als mit seinen Händen. Sein Kiefer knackte, als wir uns küssten, seine Muskeln bebten, als ich darüberstrich. Unser Atem wurde zu Stöhnen. Clemens öffnete meine Gürtelschnalle. Es klimperte wie das Schloss meiner Wohnungstür.

»Halt, sei kurz ruhig!«, sagte ich und horchte. Jemand hatte meine Wohnung betreten. Das Licht ging an, blendete mich.

Ich sah Theo nicht, sondern hörte ihn nur: »Luca?«

Theo überraschte mich gerne.

3

Ich klopfte an seine Tür. Ich wartete. *Er möchte bestimmt nicht mit mir reden.* Ich klopfte stärker, hörte nicht, wie laut es durch den Flur drang, hörte nur den Herzschlag in meinen Ohren. *Er stellt gerade unsere ganze Freundschaft infrage, ekelt sich vor mir.*

Ein Schatten verdunkelte den Spion, Theo öffnete die Tür. Eine Wolke Mango-Menthol schlug mir entgegen. Seine Hand fasste meine Schulter. »Mann, Luca, tut mir voll leid. Komm rein, komm rein.«

Ich setzte mich auf den Teppich, den Rücken an das Bett gelehnt, die Beine angezogen.

Theo streckte mir einen Shisha-Schlauch entgegen. »Ich wollte euch echt nicht stören. Bin nur kurz mit deinem Ersatzschlüssel rein, weil ich mir deinen Flaschenöffner borgen wollte. Du meintest ja, dass du in der Stabi sitzt und nicht zu Hause bist. Auf meine Nachricht hast du auch nicht geantwortet.«

»Ich dachte, du bist im Kino?«, fragte ich.

»Alleine wollte ich nicht gehen.« Er zog an seinem Schlauch, die Shisha blubberte.

Unser Gespräch versiegte. Ich bildete mir ein zu wissen, was Theo dachte. *Sollten wir so tun, als hätte er nie gesehen, dass da ein Mann mit mir im Bett lag?* Verhielt er sich wie immer, war innerlich aber komplett aufgewühlt – so wie ich? Verzieh er mir, dass ich unehrlich zu ihm war?

Theo brach das Schweigen: »Also magst du neuerdings Männer?« Er sagte es sachlich, als würde er über das Wetter reden.

Ich nickte.

»Cool«, sagte Theo und blies mir einen Dampfschwall entgegen. »Der Kerl sah heiß aus.« Theo grinste. Als er mein überraschtes Gesicht sah, fing er lauthals an zu lachen.

»Also hast du kein Problem damit?«, fragte ich, und meine Finger kribbelten, da die Anspannung von mir abfiel. »Du bist mir nicht böse, dass ich nichts gesagt habe?«

»Überhaupt nicht, Luca«, sagte Theo. »Wieso sollte ich auch? Du suchst dir nicht aus, wer dir gefällt und wer nicht.« Er wendete mit der eisernen Zange das Kohlestück. »Ich hatte auch schon mal einen Schwanz im Mund. Da war ich dreizehn oder so. Gar nicht meins. Aber wenn's dir gefällt.« Wieder lachte er, und dieses Mal stieg ich mit ein.

»Weiß Sarah es?«, fragte er mich.

Ich hustete und schüttelte den Kopf. »Nein, keiner. Du bist der Erste, dem ich es sage.«

»Da lügst du aber: Mindestens ein Kerl weiß noch davon. Wie heißt er denn?«

»Clemens«, sagte ich und fügte hinzu: »Er ist Arzt.«

»Wartet er noch in deinem Zimmer?«

»Nein«, sagte ich. »Ich habe ihn nach Hause geschickt.«

Clemens hatte meine Panik bemerkt und mich beruhigen wollen. Er war ohne Widerworte gegangen. »Es war ein schöner Tag, Luca«, hatte er noch gesagt. »Und damit meine ich nicht nur das Wetter.«

Nicht einmal einen Abschiedskuss hatte er von mir bekommen. Ich hatte ihm die Tür vor der Nase zugeschlagen. Danach war ich durch mein Zimmer gestampft, hatte mir eingeredet, dass Theo bestimmt nichts gesehen hatte. Bestimmt war er genauso geblendet von dem Licht gewesen wie ich. Bestimmt.

Doch ich hatte es selbst nicht geglaubt, eine Ewigkeit damit verbracht, mir Worte zurechtzulegen, die nicht über meine Lippen kamen, als Theo endlich die Tür geöffnet hatte.

Theo umarmte mich zum Abschied. »Ich behalte es für mich, falls du dir deswegen Sorgen machst. Lebe dein Leben, wie du es willst – ich bin einfach froh, ein Teil davon zu sein.«

Das Bett roch nach Clemens. Ich legte mich hinein und schlief sofort ein.

Am Morgen fanden sich Nachrichten von Sarah auf meinem Handy. Auch meine Mutter hatte geschrieben und mich daran erinnert, ihre Tupperdosen beim nächsten Besuch mitzubringen. Von Clemens hatte ich keine Nachricht erhalten.

Ich wollte nicht, dass er sich wegen des verunglückten Abends schlecht fühlte. Schließlich war es nicht seine Schuld.

Ich schrieb ihm, entschuldigte mich und fragte, ob er gut nach Hause gekommen sei. Ich rechnete mit einer baldigen Antwort.

Clemens schrieb den ganzen Tag nicht. Ich hielt mich zurück, noch einmal nachzufragen. *Ich mache mich nie wieder so zum Affen wie bei Aurora.* Obwohl ich mich mit Sarah zum Mittagessen traf und mir einen Ken Follett-Roman kaufte, fühlte ich mich schlecht wegen ihm. Ich lag abends im Bett und zwang mich, nicht an ihn zu denken. Um kurz vor Mitternacht klingelte mein Handy. Clemens rief an.

»Hallo, Kleiner. Entschuldige die späte Reaktion. Ich war den ganzen Tag in der Chirurgie. Wie geht es dir?« Clemens räusperte sich. »Wie geht es deinem neugierigen Nachbarn?«

Ich sagte ihm, dass es uns allen gut ging. »Mehr als gut sogar. Theo ist wirklich ein toller Freund.«

»Wäre er kein guter Freund, dann wärst du hoffentlich nicht mit ihm befreundet«, sagte Clemens. »Ich fahr jetzt nach Hause. Möchtest du vorbeikommen und bei mir schlafen? Nur Kuscheln heute. Ich bin erledigt.«

Ich legte meinen Ken Follett zur Seite. Nach einer raschen Dusche machte ich mich auf den Weg.

Clemens' Wohnung war spärlich eingerichtet. Es standen Umzugskartons herum, an den Wänden lehnten Bilderrahmen und abmontierte Lampen. Im Badezimmer waren zwei Fliesen herausgeschlagen worden.

»Bist du gerade erst eingezogen?«, fragte ich Clemens und setzte mich neben ihn auf die Couch.

Er reichte mir ein Glas Weißwein. »Nein, aber ich fange viele Dinge an und beende sie nie. Die Fliesen im Bad ärgern mich schon seit Monaten.«

»Du warst heute in der Chirurgie. Hat alles geklappt?«

Clemens sah auf einen Schlag müder aus. Das grelle Deckenlicht verlängerte seine Augenschatten, graue Haare stachen aus seinem dunklen Bartansatz hervor. »Es kann nicht immer klappen.« Er legte sich auf die Couch, ich folgte seinem Beispiel. Ich fühlte seinen Atem gegen meine Stirn und schloss die Augen.

Theo hatte mich umarmt und mir Akzeptanz gegeben. Clemens hielt mich in seinen Armen und schenkte mir Geborgenheit.

4

Aurora hatte es geliebt, nackt zu sein. Nach dem Sex war sie oft stundenlang ohne Klamotten in meiner Wohnung herumgelaufen, hatte mit mir Karten gespielt oder gekocht. Anstatt sich anzuziehen, hatte sie meine Heizung höhergedreht.

Clemens war anders: Er schlief mit T-Shirt und Unterwäsche, behielt beim Sex gerne die Socken an, löschte immer das Licht.

»Du hast einen schönen Körper. Warum versteckst du dich?«, fragte ich ihn.

Er verdrehte die Augen und sagte dazu nichts. In seinem Badezimmer standen drei Sorten Gesichtscreme, die Klingen in seinem Rasierer wechselte er einmal im Monat, die grauen Haare zupfte er sich vor dem Spiegel einzeln aus. Vor der Arbeit joggte er durch die Stadt, die Isar entlang und wieder zurück. Als ich fragte, ob ich ihn begleiten dürfe, meinte er: »Die Zeit brauche ich für mich, Kleiner.« Ich hatte mir überlegt, *zufällig* zur gleichen Zeit seine Route zu laufen, verwarf den Gedanken aber schnell wieder: Ich wollte nicht kindisch erscheinen.

Über seine Patienten erzählte Clemens mir wenig, dafür umso mehr über seine Kollegen. Von der blonden Sophie mit ihren Hummel-Cupcakes und dem Oberarzt, der zu viel rauchte. Günther, eine männliche Schwester auf seiner Station, flirtete viel mit Clemens und steckte ihm vor der Nachtschicht Poppers zu. »Zweifellos, weil er sie mit mir verwenden wollte«, sagte er grinsend. »Hast du Lust darauf?«

Ich kannte Poppers nicht, hatte davon nur gelesen und hielt es für eine schlechte Idee. »Ist das nicht gefährlich?«, fragte ich.

»Hast du als Kind Kleber geschnüffelt?«

Ich schüttelte den Kopf.

»Dann hast du jetzt Gelegenheit, die Erfahrung nachzuholen.« Er hielt mir das Fläschchen unter die Nase, ich atmete tief ein. Ich spürte mein Herz gegen meine Schläfen klopfen, merkte, wie meine Arme schwer wurden. Zuerst fühlte ich mich wunderbar losgelöst, dann bekam ich Kopfschmerzen.

»Das kann passieren«, meinte Clemens. »Aber schön, dass du es versucht hast.«

In der Vorlesung am nächsten Tag plagten mich die Kopfschmerzen immer noch. Sarah zog Aspirin und Ibuprofen aus ihrer Tasche, ich winkte ab und meinte, ich brauche nur Schlaf.

»Wem sagst du das«, sagte Sarah und lehnte sich so weit in den Vorlesungssessel zurück, dass sie beinahe unter dem Tisch verschwand. »Kann heute bitte schon Wochenende sein?«

Clemens arbeitete auch am Wochenende. Wenn er nicht im Krankenhaus war, hatte er Bereitschaftsdienst. Die Arbeit zerrte an ihm: Wir telefonierten oft miteinander, bis Clemens einschlief. Ich merkte, dass sein Privatleben nur eine untergeordnete Rolle für ihn spielte. Ich verstand, warum seine Wohnung nie fertig wurde. *Wo passe ich da rein?*

Ein klärendes Gespräch war überfällig: Ich lud Clemens zu mir ein, wollte ihm eine Freude machen und kochte für ihn. Ich bereitete ein Rinderfilet mit Rotweinsauce zu. Für die Beilage hatte mir Theo ein Rezept für Kartoffelgratin gegeben. Die Filets wurden etwas zäh, aber Clemens beschwerte sich nicht. Er scherzte über die Titel in meinem Bücherregal, empfahl mir, mehr Sachliteratur zu lesen.

»Willst du, dass dein Freund gebildeter wird als du selbst?«, fragte ich ihn.

Clemens' Augenbrauen hoben sich. »Mein Freund?«

»Ja, dein Freund. Oder welche Bezeichnung würdest du mir geben?«

Ich sah Clemens' Blick und fühlte mich an Aurora zurück-erinnert. Ich wusste, was jetzt kommen würde.

»Luca, ich mag dich wirklich gerne, aber …« Clemens meinte, es reiche von seiner Seite aus nicht für etwas Ernstes. Der Altersunterschied sei zu groß. Außerdem habe er keine Zeit für eine Beziehung. Er habe kaum genügend Zeit für sich selbst. »Aber ich würde mich freuen, dich gelegentlich zu sehen.«

Ich versuchte, die Abweisung nicht zu nahe an mich heran-zulassen. Schon wieder jemand, der nicht mit mir zusammen sein wollte. Im ersten Moment konnte ich Menschen von mir überzeugen, aber für etwas Tieferes reichte es nicht. Sobald sie mich wirklich kennenlernten, wollte mich keiner mehr. *Bin ich so schrecklich? So wenig begehrenswert?*

Als Clemens weg war, ließ ich die dreckigen Teller im Ab-wasch liegen und vergrub mich unter meiner Bettdecke. *Wie lange werden Theo und Sarah noch meine Freunde sein?* Nervte ich sie bereits mit meiner miesen Stimmung? Dann dachte ich an Theos Worte, dass er froh war, Teil meines Lebens zu sein. Vielleicht war ich nicht nur schlecht.

Ich schaute mir Clemens' Whatsapp-Profilbild an und frag-te mich, warum ich überhaupt mit ihm zusammen sein wollte. *Weil ich ihn so gerne habe? Oder weil ich mit ihm weniger al-leine bin?* Der Gedanke, ihn als festen Freund meiner Mutter, Henrik und Bene vorzustellen, stresste mich. Ich wusste nicht, was ich wollte – also weshalb verletzte mich seine Ablehnung so sehr?

Es klopfte an der Tür. *Ist Clemens zurückgekommen?* Eine Szene baute sich vor meinem inneren Auge auf, in der er mich um Verzeihung bat und mir sagte, dass er es doch versuchen wolle. Ich öffnete die Tür. Dort stand nicht Clemens, sondern Theo.

»Ich klopfe jetzt, bevor ich reinkomme,« sagte er und reichte mir eine Flasche Weißwein. »Der passt super zum Kartoffelgratin. Seid ihr schon fertig?«

Ich drehte den Schraubverschluss der Flasche auf und nahm einen Schluck. »Ja, sehr fertig sogar.«

Theo hielt Clemens für einen Arsch, deshalb brauchte ich es nicht zu tun. Wir saßen auf meinem Bett. Theo nahm einen Schluck aus seiner Tasse, in die ich den Weißwein geschüttet hatte. »Läuft gerade nicht so bei euch. Erst Sarah, dann du … «

»Wieso, was ist mit Sarah?«, fragte ich ihn.

Theo wirkte ertappt. »Nicht so wichtig, Luca.« Er wollte nicht mit der Sprache herausrücken, also boxte ich ihn. »Schon gut, ich sag's ja. Du solltest trotzdem mit Sarah reden.« Er erzählte mir, dass Sarah ziemlich aufgelöst war wegen eines Kerls, den sie in der U-Bahn kennengelernt hatte. »Sie hat benutzte Kondome bei ihm im Müll gefunden, obwohl er meinte, dass sie die Einzige sei, mit der er sich trifft.«

»Wieso hat sie nicht mit mir darüber geredet?«, fragte ich. *Hat sie kein Vertrauen zu mir? Nervt sie unsere Freundschaft schon?* Ich konnte jetzt nicht auch noch Sarah verlieren.

Theo nahm einen weiteren Schluck aus seiner Tasse, bevor er meine Sorgen zerstreute. »Luca, keiner von uns möchte dich mit irgendetwas belästigen. Du hast genug um die Ohren, wie es schon ist. Mit deinem Vater und so …« Er wartete einen

Moment, bevor er weitersprach. »Sie wollte mit dir darüber reden, das kannst du mir glauben.«

»Dann werde ich mit ihr reden und euch beiden klarmachen, dass ihr mit all euren Problemen zu mir kommen könnt. Ich bin für euch da, Herrgott noch mal! Verstehst du das, Theo?«, fragte ich laut genug, damit er mich verstehen musste.

Ich schrieb Sarah und fragte sie, ob sie morgen Zeit habe. Wir setzten uns in das Uni Café. Sarahs Guthaben war aufgebraucht, deshalb bezahlte ich ihren Salatteller. *Wieso bemerke ich erst jetzt, wie niedergeschlagen Sarah aussieht?* Sie war unruhiger als sonst, kein Lachen erreichte ihre Augen.

Ich erzählte ihr, dass Theo mir von ihrem Kummer erzählt hatte. Sarah wirkte ehrlich aufgebracht. Ich nahm ihre Hand und versicherte ihr, dass sie mir immer alles erzählen könne. »Dieser Typ klingt verlogen und falsch«, sagte ich. »Sei froh, dass du es gleich herausgefunden hast.«

Sarahs Augen waren glasig, sie schüttelte den Kopf. »Vielleicht hat er nicht gelogen, und die Kondome lagen schon länger im Müll.«

»Das glaubst du doch selbst nicht, Sarah. Lass dich doch nicht von einem Kerl so schlecht behandeln. Du bist mehr wert.«

»Das sagst gerade du.« Sarah stieß mit dem Ärmel fast ihr Wasserglas um, ohne es zu bemerken. »Wie Aurora dich behandelt hat, war schwer mitanzuschauen.«

Sie hatte recht. *Ich bin wirklich blind gewesen.* »Es ist schwerer zu erkennen, wenn man selbst drinsteckt.« Sarah schluchzte. Ich stand auf und setzte mich auf den Stuhl neben ihr. Ich umarmte sie so ungelenk, wie es eben ging. Als wir uns lösten, hatte ich Wimperntusche und Lipgloss auf meinem Pullover.

Sarah wischte sich die Augen trocken. »Luca, du und ich – wir geben uns das Versprechen, uns nie wieder so behandeln zu lassen.«

»Versprochen!«, sagte ich und meinte es auch so. »Wir passen aufeinander auf.«

Sarahs Lachen erreichte wieder ihre Augen. »Gott, ist das peinlich.« Sie begutachtete sich in der Reflexion ihres Handys. »Wie schaue ich denn aus – die Ersties da drüben gucken schon.«

Ich fühlte mich Sarah so nahe, räumlich und emotional. Wieso sollte ich nicht vollkommen ehrlich zu ihr sein? »Ich muss dir etwas gestehen«, sagte ich, und mein Magen fühlte sich an, als würde ich am Rand einer Klippe stehen und gleich stürzen.

»Schieß los!«, sagte sie. Als sie meinen Gesichtsausdruck sah, fügte sie mit leiserer Stimme hinzu: »Luca, was ist es?«

»Du erinnerst dich doch an Clemens.« Meine Stimme war leiser als ein Flüstern.

»Der Kerl, dem du deinen Computer geliehen hast?«, fragte Sarah in derselben Lautstärke, ihren Kopf in Atemnähe zu meinem.

Ich nickte.

»Was ist mit ihm?«

Ich holte tief Luft, schaute auf meine Hände, während ich sagte: »Wir waren auf ein paar Dates zusammen. Kurzzeitig dachte ich, dass wir ein Paar wären.«

Sarah lachte, dann wirkte sie erschrocken. »Du meinst das ernst?«

»Er hat es gestern beendet: Ich sei zu jung, und er habe keine Zeit für eine Beziehung.«

Für einen Moment hörte ich die Ersties neben uns quatschen. Ihre Stimmen schallten unnatürlich laut zu unserem Tisch herüber. Sarah blieb lange still. Auf ihrem Gesicht las ich Verwirrung. »Dann magst du Männer?«

»Ja.« Es auszusprechen fühlte sich ungewohnt an. »Ja, ich mag Männer.«

»Und Frauen?«

Ich zuckte mit den Schultern. »Keine Ahnung, denke schon. Frag mich ein anderes Mal.«

»Oh, Luca!« Jetzt zog Sarah mich in eine Umarmung, noch ungelenker als die letzte. »Das hättest du mir schon viel eher sagen können.« Sie legte ihre Hände an meine Wangen. Ihre Augenbrauen zogen sich zusammen. »Mann, Aurora hat dich wirklich mitgenommen.«

»Das hat nichts mit ihr zu tun – so war ich vorher schon«, sagte ich. »Aurora hat mir nur eine Richtung vorgezeigt, in die ich mit ihr gehen wollte, nach der ich mein Leben gestalten wollte.«

Sarah legte ihren Kopf auf meine Schulter. »Auroras Richtung wäre nie deine gewesen, Luca. Dafür hast du zu viel Herz.«

Ich nickte. Irgendwann würde ich das vielleicht glauben können.

5

Clemens hielt sein Wort: Er wollte befreundet bleiben – Plus inklusive. Er schrieb mir nach seinen Schichten, erkundigte sich nach meinem Unialltag. »Lernst du auch brav?«

Ich antwortete halbherzig. Als er fragte, ob wir uns am Wochenende wie geplant sehen würden, sagte ich ihm ab. Teilweise, weil ich ihm noch nicht verziehen hatte, dass er keine Beziehung mit mir führen wollte, aber größtenteils wegen Kai, der mich über das Wochenende besuchen kam.

Er hatte sich spontan ein Zugticket gekauft und erst hinterher daran gedacht, mir Bescheid zu geben. »Ich hoffe, du hast Zeit.«

Drei unbearbeitete Übungsblätter lagen auf meinem Schreibtisch, ein Dutzend Folienstapel warteten darauf, von mir zusammengefasst zu werden. »Für dich? Jederzeit«, sagte ich.

Kai reiste mit einem kleinen Rucksack und seinem Miniskateboard an. Er rollte mir damit entgegen, als ich ihn vom Hauptbahnhof abholte. »Habe ich mir in Lissabon gegönnt«, sagte er und hielt mir das Board zur Inspektion hin ebenso wie sein Handgelenk. »Genau wie das hier.« Ich erkannte ein kleines Tattoo in Form eines simplen schwarzen Smileys.

Ich zeigte Kai die Innenstadt, saugte mir alle historischen Fakten aus den Fingern, die mir einfielen. Kai fotografierte nichts, sondern sah sich die Gebäude konzentriert an. Er hörte mir aufmerksam zu und fragte viel: »Warum ist da ein Drache am Rathaus? Wann wurde die Ludwig-Maximilians-Universität gegründet? Ist der Englische Garten größer als der Central Park in New York?« Ich hatte keine Antworten, wollte sie googeln, aber Kai meinte: »Lieber nicht, wir erfahren es wann anders, von jemandem, der es weiß.«

Regelmäßig kontrollierte Kai seinen Blutzucker, spritzte sich schnell und unauffällig in den Bauch, wenn der Wert zu hoch war. »Ich sollte etwas essen«, sagte er. Wir kochten in meinem Apartment. Kai aß nicht viel und ließ mir Nudeln übrig.

Ich schlief lange nicht ein, starrte stattdessen in die Dunkelheit über mir, die in meiner Vorstellung Gesichter bekam. Bis Kai noch einmal das Licht anschaltete. »Morgen reden wir darüber, was dich bedrückt.«

Ich fühlte mich ertappt. »Bist du nur gekommen, um meinen Seelsorger zu spielen?«

»Deswegen«, sagte Kai, während er sein Kissen ausklopfte. »Und wegen der guten Gesellschaft. Jetzt schlaf!« Er löschte das Licht.

Wir packten uns Brote ein und fuhren mit der S-Bahn zum Starnberger See. Das Wetter war für die Jahreszeit ungewöhnlich warm. Es nieselte, also gab ich Kai meine neue Regenjacke und trug meine alte. »Normalerweise ist es hier wirklich schön«, sagte ich entschuldigend.

Kai zuckte mit den Schultern. »Dafür sind jetzt bestimmt weniger Touristen hier.«

Als der Niesel- zu Starkregen wurde, waren unsere Socken bereits nass. In Ufernähe fanden wir ein behagliches Café. Wir baten die Bedienung um Zeitungspapier und stopften unsere Schuhe damit aus. Unsere nassen Socken hängten wir zum Trocknen auf eine Stuhllehne. »Ausnahmsweise«, sagte die Bedienung. »In der Saison hätte ich euch den Vogel gezeigt.« Ihr Bayrisch amüsierte Kai, der sagte: »Vögel sind doch toll!«

Wir bestellten uns beide jeweils ein Stück Prinzregententorte und setzten uns auf die Eckbank neben unsere trocknenden Kleidungsstücke.

Kai schaute mich auffordernd an, kam gleich auf den Punkt: »Was ist passiert, Luca? Wieso fühlst du dich nicht gut?«

Lange sagte ich nichts. Kai unterbrach meine Stille nicht, ließ ihr Raum, sich auszubreiten, um genügend Platz für meine Gedanken zu schaffen. Ich erzählte Kai vom Tod meines Vaters, der mich überforderte. Ich erzählte ihm von Aurora, die meine Gedanken beherrschte. Ich erzählte ihm von meinen Schuldgefühlen und meinen Albträumen und der Angst, alleine zu sein.

»Du trägst ganz schön viel mit dir herum«, sagte Kai. »Das mit deinem Vater tut mir sehr leid.«

»Es ist, wie es ist«, erwiderte ich bemüht gleichgültig.

»Schuldgefühle zu haben ist verständlich – aber du bist nicht für das Handeln deines Vaters verantwortlich, Luca.«

Ich dachte an den Telefonanruf, meine abweisende Haltung ihm gegenüber, an die vielen versäumten Gelegenheiten einer guten Vater-Sohn-Beziehung. »Ich bin mir da nicht so sicher.«

»Er war ein erwachsener Mann und dein Vater, du warst das Kind«, sagte Kai mit Nachdruck. »Er passte auf dich auf und war dafür verantwortlich, dass es dir gut ging, nicht andersherum.«

Ich zuckte mit den Schultern, schob gedankenverloren die Kuchengabel mit einem Stückchen Prinzregententorte in meinen Mund. »Ich wünschte, er hätte es nicht getan. Wieder eine Person, die sich entschieden hat, mich zu verlassen.«

Erneut breitete sich Stille im Raum aus. Dieses Mal war mein Kopf leer, keine Gedanken, die Platz brauchten, nur eine Leere an der Stelle, wo meine Gefühle sein sollten. Die Stille wurde von der Bedienung mit der Frage unterbrochen, ob bei uns alles in Ordnung sei. Wir nickten beide, und sie ging.

»Liebst du Aurora noch?«, fragte Kai.

»Nein«, sagte ich. »Ich liebe sie nicht mehr. Ich bin wütend auf sie. Sie ist der Typ Mensch, der immer nimmt ohne Rücksicht auf andere – und am Ende auch bekommt, was er möchte. Der Typ Mensch, der nie für seine Fehler geradestehen muss, der nie das bekommt, was er wirklich verdient. Der immer auf den Beinen landet. Ich hasse sie so sehr.« Ich schlug mit der Hand auf den Tisch, erntete einen neugierigen Blick der Kellnerin. »Wieso bin ich derjenige, der alles für sie getan hätte, der sie liebte und schlussendlich ersetzt wurde? Wieso bin ich derjenige, der leidet? Das ist nicht fair!« Ich hatte mich in Rage geredet, war selbst erstaunt, wie viele Gefühle für Aurora noch in mir waren.

»Du merkst es selbst, oder?«, fragte Kai.

»Das tu ich«, sagte ich niedergeschlagen. »Vielleicht liebe ich sie trotz alledem noch.«

Kai nahm einen Bissen von seiner Prinzregententorte, kaute, schluckte. »Leute zu hassen ist einfach. Sie zu verstehen und trotzdem zu akzeptieren, dass man nicht zusammengehört – das ist viel schwieriger.« Er wischte sich über den Mund. »Ich bilde mir ein, dich gut genug zu kennen, um sagen zu können: Du hast Aurora verstanden, Luca, du tust es noch. Was die ganze Angelegenheit paradoxerweise nicht besser, sondern schlimmer macht.«

Ich überlegte, ließ seine Worte auf mich wirken. »Aurora braucht jemanden, zu dem sie aufschauen kann. Der sie auf Händen trägt und sie begeistert. Jemanden, den sie attraktiv findet. Die Tatsache, dass sie mich betrogen hat und die Trennung wollte, zeigt mir, dass ich das alles für sie nicht gewesen bin: weder begehrenswert noch beeindruckend.«

»Menschen gehen nicht fremd, weil sie den Partner nicht respektieren. Sie gehen fremd, weil sie sich selbst nicht respektieren. Aurora wusste, dass sie mit dir hätte glücklich werden können – aber das hat sie sich selbst nicht erlaubt.« Kai suchte meinen Blick. »Aber das weißt du bereits.«

Ich beobachtete die Bedienung, die sich hinter der Theke gerade selbst ein Stück Kuchen mit Sahne genehmigte. »Es hätte so schön sein können, Kai. Wenn die Dinge anders gelaufen wären.«

Kai aß weiter, bevor er anmerkte: »Was du mir erzählt hast, klingt nach keiner gesunden Beziehung. Wenn eine Person dich ständig verletzt, gewöhnt sie sich irgendwann daran. Auf beiden Seiten steigt das Toleranzlevel, die Erwartungshaltung an die Beziehung sinkt. Aber es fühlt sich nicht gut an. Du weinst der Möglichkeit einer perfekten Beziehung mit Aurora hinterher, nicht der Beziehung, die ihr tatsächlich geführt habt.«

Ich schwieg.

»Du brauchst jemanden, der dich so liebt, wie du Aurora geliebt hast.« Kai schabte mit seiner Gabel die restlichen Krümel auf seinem Teller in eine Ecke. »Die Schwierigkeit wird sein, diese Wertschätzung auch annehmen zu können.« Kai betrachtete unsere beiden Teller – seiner war leer gegessen, mein Kuchenstück fast noch intakt. »Iss doch mal.«

»Kai«, sagte ich. »Du weißt so viele Dinge über Beziehungen, warum bist du noch Single?«

Kai lachte, ließ mich auf seine Antwort warten. Er kontrollierte seinen Blutzucker, bevor er unauffällig eines unserer mitgebrachten Brote aus dem Rucksack kramte. »Die Liebe ist kein Spiel«, sagte er endlich. »Es gibt kein Regelbuch, an das sich alle halten, keine definitive Anzahl von Spielern und kein Ende, an dem der Gewinner oder Verlierer feststeht. Liebe ist ein Zustand, der sich immer in Bewegung befindet. Ich denke zu viel über den Zustand nach, anstatt ihn zu fühlen.« Er hob seinen Arm in die Höhe, deutete auf sein Tattoo-Smiley. »Dieses Tattoo habe ich mir in Lissabon stechen lassen. Es soll mich immer daran erinnern, dass man nicht jede Emotion verbalisieren muss, nicht jede Empfindung analysieren: Es darf auch einfach sein, Luca.« Er zuckte mit den Schultern. »Manchmal ist der einfache Weg der beste Weg.« Der schwarz-linierte Smiley grinste mich an, und ich lächelte zurück.

Kai hatte ein Sparticket für seine Rückfahrt nach Köln gelöst und war an einen bestimmten Zug gebunden. Wir hasteten zum Bahnsteig und erwischten ihn rechtzeitig. Ich hatte gerade noch Zeit, Kai für das tolle Wochenende zu danken. »Vielen Dank für dein offenes Ohr und deine Ratschläge«, sagte ich ihm, als wir uns zum Abschied umarmten.

»Das hätte ich fast vergessen, Luca«, sagte er plötzlich. »Noch ein Grund, warum ich gekommen bin: Ich wollte dir von einem Jobangebot erzählen, das ich dir unterbreiten möchte.«

Überrascht riss ich die Augen auf. »Ich studiere noch.«

»Nach dem Studium natürlich. Aber wir brauchen einen IT-ler im Team.« Der Schaffner pfiff und winkte Kai einzusteigen. »Ich schreib dir eine E-Mail.«

Das Letzte, was ich von Kai sah, war sein winkender Arm mit dem schwarzen Smiley. Ich blieb am Bahnsteig stehen, bis der Zug abgefahren war. *Es darf auch einfach sein.*

DIANA

1

Sarah und ich saßen in der U-Bahn und begutachteten die Fahrgäste um uns herum. »Der da?«, fragte sie mich, deutete auf einen Mann mit Anzug und AirPods.

Ich schüttelte den Kopf.

»Der Große da vorne?« Sie nickte zu einem Mann schräg gegenüber. Er saß breitbeinig da, trug eine Beanie und Vollbart.

Ich schüttelte vehement den Kopf.

Sarah seufzte. »Jetzt sag schon, wer dein Typ ist.«

Auf Nachfrage hatte ich Sarah gegenüber zugegeben, dass Clemens nicht wirklich der Typ Mann war, den ich attraktiv fand. *Hab ich überhaupt einen Typ?* »Sympathisch und charismatisch muss er sein«, sagte ich zu ihr. »Wenn ich einen sehe, auf den das zutrifft, zeige ich ihn dir.«

Heute war ein ungewöhnlich schöner Herbsttag. Definitiv zu schön, um ihn in der Staatsbibliothek hinter dicken Fenstern und Stapeln von Vorlesungsfolien zu verbringen. Sarah hatte sich zu einem Essen mit ihrer Mutter verabschiedet, also packte ich meine Badehose und meinen Volleyball ein, fuhr auf gut Glück mit dem Fahrrad in den Englischen Garten. Wären keine knirschenden Blätter unter meinen Reifen, keine kahlen Bäume um mich herum und wäre die Luft nicht einen Ticken zu kühl gewesen, hätte man nie gedacht, dass es bereits Oktober war. Ich beobachtete Studenten dabei, wie sie in den Eisbach sprangen. *Verrückte Welt.*

Auf der Wiese neben dem Monopteros war ein gelbes Volleyballnetz aufgestellt. Ich fragte die Volleyballer, ob sie noch einen Spieler benötigten. »Klar, für einen mehr ist immer Platz«, sagte ein groß gewachsener Mann mit rasierter Brust. »Zur Info: Wir sind nicht sehr gut.«

Wir spielten fünf gegen vier. Was den Spielern an Können fehlte, machten sie durch Humor wieder wett. Jedes Ass wurde mit einem Jubelschrei gefeiert, jeder Ausrutscher erntete einen gut gemeinten Applaus. Einmal schmetterte ich einen Ball versehentlich ins Gesicht einer Spielerin des Gegenteams. Ich entschuldigte mich, aber die Frau zeigte mir einen Daumen nach oben. »Keine Sorge«, sagte sie. »Meine Nase war vorher schon krumm.« Dann spielten wir weiter.

Die Hälfte der Zeit vergaßen wir, die Punkte zu zählen. *Aurora wäre von diesem Spiel nicht begeistert gewesen. Ihr Ehrgeiz hätte ihr im Weg gestanden.* Nach einigen Runden wollten meine Mitspieler sich im Eisbach abkühlen. Sobald der erste hineingesprungen war, mussten alle anderen sofort hinterher – ansonsten würde man ihn nie mehr einholen. Ich folgte ihnen. Das Wasser war unverhältnismäßig kalt, der Pegel sehr hoch, die Strömung gewohnt stark.

»Beine hoch!«, sagte einer aus der Gruppe an einer welligen Stelle, unter der sich ein massiver Granitquader versteckte. »Rechts halten!«, erinnerte uns eine andere, damit wir die richtige Abzweigung vor dem kleinen Wasserfall nahmen. »Tauchen!« war ein überflüssiger Befehl des ersten, als wir zu einer Brücke getrieben wurden, an deren Unterseite das Wasser anstieß.

»Ganz schön gefährlich hier«, sagte ich, als ich aus dem eisigen Wasser auftauchte.

Der groß gewachsene Mann lachte. »Das Hochwasser macht es etwas wilder als sonst. Aber keine Sorge: Du bist mit Experten unterwegs. Da vorne musst du dir unbedingt das Seil schnappen und links aus dem Fluss aussteigen.«

»Was passiert sonst?«

»Sonst wirst du in die Surferwelle vor dem Kanal gezogen.« Er verzog sein Gesicht, während ich nervös wurde.

Das Seil war klar erkennbar – es spannte einen halben Meter über dem Wasser auf voller Länge des Baches. Einer nach dem anderen erreichte das Seil, packte es und begann sich zur Seite zu hangeln. *Jetzt bin ich dran.* Ich griff nach dem Seil, unterschätzte mein Timing und krachte mit voller Wucht in eine Frau, die bereits am Seil hing. Es war dieselbe Frau, der ich vorher den Volleyball ins Gesicht geworfen hatte. Sie keuchte, ließ das Seil los, stieß einen erstickten Schrei aus und wurde die Welle hinuntergespült.

Ich blickte ihr panisch hinterher. *Wo ist sie?* Ich sah ihren Kopf unter der Wasseroberfläche verschwinden – dann tauchte sie wieder auf. Sie schwamm zu einer Ausstiegsleiter und hielt sich daran fest. Ihr Daumen war oben.

Erleichtert atmete ich aus und arbeitete mich zu meinem Ausstieg vor.

Ich hörte die Frau über dem Tosen der Welle zu mir herüberrufen: »Nein«, schrie sie. »Nicht da raus!«

Ich hielt in der Bewegung inne. *Redet sie mit mir? Was soll ich machen?* Ich merkte, wie die Kraft in meinen Armmuskeln nachließ. Lange konnte ich hier nicht mehr hängen bleiben.

Die Frau zeigte auf mich, dann auf die Welle und deutete mit ihrer freien Hand eine Schwimmbewegung an. Es dauerte einen Moment, bevor ich verstand. »Ganz bestimmt nicht. Du bist verrückt!«, schrie ich ihr zu.

»Du hast mich reingestoßen«, schrie sie. »Sonst verzeihe ich dir nie!«

Sie war verrückt, das war mir klar. Aber irgendwie hatte sie recht. Schließlich hatte sie es auch unbeschadet überstanden. Ich betrachtete die Welle. *Ich muss einfach möglichst waagerecht rein, dann geht das schon.* Meine Finger verloren langsam den Halt.

Ich ließ los.

Pfeilschnell schoss ich auf die Welle zu. Ich hielt die Luft an. Eine Wassermasse schoss mir entgegen, drückte Wasser in meine Lungen und mich hinunter. Ich zappelte, stieß mit dem Fuß gegen etwas Hartes, zappelte, stieß mit der Hand gegen etwas Hartes, zappelte und durchbrach die Wasseroberfläche.

Die Frau rief mir von der Leiter aus zu: »Du hast es echt gemacht! Du bist verrückt!«

Ich schnappte nach Luft und hustete, kämpfte mich zu der Leiter. Wir kletterten nach oben. »Ich hätte echt nicht gedacht, dass du es machen wirst. Wie geil ist das denn?«, sagte sie. Ihre Stimme überschlug sich vor Aufregung.

Oben angekommen legte ich mich auf den Boden. Ich hörte die Jubelrufe der anderen Volleyball-Spieler. Die Frau legte sich neben mich. »Ich weiß nicht, wie du heißt, aber du scheinst es echt auf mich abgesehen zu haben. Erst den Ball ins Gesicht, dann das hier – dass du reingesprungen bist, war nur fair.«

»Luca«, sagte ich und hielt ihr meine Hand hin. »Das mach ich nie wieder.«

Die Frau lachte. »Diana. Ebenso.«

Die restlichen Runden Volleyball setzte ich aus. Mein Fuß war angeschwollen, ich wollte keine größere Verletzung riskieren. Diana setzte ebenfalls aus und blieb an meiner Seite. »Total übel, dass du dir wehgetan hast. Kann ich das wiedergutmachen?«

Ich sagte ihr, dass ich Lust auf ein Eis hätte, und sie erwiderte: »Bis ich damit wieder hier bin, ist es geschmolzen.« Ich müsse wohl mitkommen.

Wir verabschiedeten uns von den anderen und machten uns auf die Suche nach einer geöffneten Eisdiele. Sämtliche Eisdielen hatten jedoch im Oktober geschlossen, was nicht überraschend war. Also kauften wir bei EDEKA ein Kaktuseis für sie und ein Magnum Caramel für mich. Wir setzten uns auf eine Holzbank am Geschwister-Scholl-Platz mit Blick auf die wasserlosen Brunnen.

Ich erfuhr, dass Diana die Volleyball-Spieler durch Zufall kennengelernt hatte. Von denen studierten fast alle Medizin. Sie selbst studiere noch nicht. »Ich muss mir erst klar darüber werden, was ich machen möchte.« Ich fragte sie, was denn zur Auswahl stünde. »Irgendetwas Kreatives. Ich male für mein Leben gerne und liebe Musik. Ich spiele Klavier und Violine, aber ich hasse es, geschriebene Stücke zu lernen.« Sie verlor sich in ihren Gedanken, verfolgte mit ihren Augen irgendwelche Noten in der Luft, die nur sie sehen konnte. »Wo liegt da der Reiz, wenn ich weiß, dass andere Menschen dasselbe Stück schon unzählige Male gespielt haben? Ich komponiere lieber selbst.«

Wir blieben sitzen, lange nachdem wir unser Eis fertig gegessen hatten. In der Abenddämmerung frischte es auf, ich zog meinen Pullover an, Diana hatte keinen dabei. »Wenn wir nicht gehen, erkältest du dich noch«, merkte ich an.

»Es gibt schlimmere Dinge«, sagte sie schulterzuckend. »Aber du hast recht.«

Ich spazierte mit ihr zur U-Bahnstation. Wir umarmten uns zum Abschied. Diana umarmte mich so fest und entschlossen, ich konnte nicht anders, als mich geborgen zu fühlen. »Ich hoffe, wir sehen uns bald wieder«, sagte ich.

»Wenn du möchtest«, sagte Diana und legte eine kurze Denkpause ein. »Nur wenn du möchtest, könntest du am Wochenende zu mir kommen. Meine Eltern und ich spielen gerne Brettspiele und Karten. Wir freuen uns immer über eine vierte Person.«

Ich wusste nicht, was ich darauf antworten sollte. *Klingt das nach einer guten Idee? Vielleicht wollte sie nur befreun...*

»Oh Gott«, sagte Diana und unterbrach damit meine Gedanken. »Jetzt habe ich dich verschreckt. Nein, ich möchte mich sehr gerne mit dir alleine treffen, verstehe mich nicht falsch. Ich dachte nur, dass Spieleabende immer sehr lustig sind, auch um jemanden besser kennenzulernen. Aber falls du meine Eltern nicht kennenlernen möchtest, ist das kein Problem für mich. Ich kann mir vorstellen, dass das in deiner Vorstellung eigenartig klingt: Die Schwiegereltern kennenzulernen, bevor überhaupt … Oh, ich meinte, nur für den Fall, dass … Also du musst dich nicht verpflichtet fühlen … Wir können auch nächste Woche … oder gar nicht …«

»Es klingt wirklich toll, Diana. Ich komme gerne.«

Diana errötete und blieb ausnahmsweise still.

Dianas Mutter hatte ihre Tochter während des Studiums bekommen. »Die schönsten Dinge im Leben kommen unerwartet«, sagte sie. Dianas Vater grummelte zustimmend und kratzte sich an der Glatze. Beide unterrichteten an einem Gymnasium. Dass ihre Tochter etwas Kreatives studieren wollte, stresste sie. Sie übten Kritik, weniger implizit, wie sie vielleicht glaubten. »Künstler auf ihren Brettern, die die Welt bedeuten. Vermutlich bedeutet es ihnen so viel, weil sie sich nicht mehr als ein paar Bretter leisten können«, sagte Dianas Mutter, als wir über facettenreiche Bühnenschauspieler redeten. »Heutzutage braucht man weder Talent noch eine gute Stimme, um erfolgreich zu sein – nur ein gutes Gespür für den Käufermarkt«, sagte Dianas Vater, als wir von Dianas Lieblingssänger Bruno Mars redeten. »Sowas lernt man am besten im BWL-Studium.«

Diana verdrehte die Augen, zeigte sich ansonsten unbeeindruckt von den Aussagen ihrer Eltern.

Wir spielten Mensch-Ärgere-Dich-Nicht. Mein Würfelglück sorgte dafür, dass jeder sich ärgerte. Als ich zum dritten Mal gewann, meinte Dianas Vater scherzhaft: »Den laden wir nicht mehr ein.« Als ich zum sechsten Mal gewann, sagte er: »Ich meine es ernst.« Dianas Familie verstellte sich nicht, was mich freute. Ich fühlte mich auf Anhieb akzeptiert.

Nachdem Dianas Vater genug Niederlagen für einen Abend

kassiert hatte, zeigte Diana mir ihr Zimmer. Es erinnerte mich an Benes: Überall hingen beeindruckende Zeichnungen an den Wänden, die Regale platzten vor Büchern und Schallplatten aus allen Nähten. Neben dem Bett stand ein kleines Klavier. Ich fragte Diana, ob sie mir etwas Selbstkomponiertes vorspielen könne. Ich musste nicht zweimal fragen.

Diana wusste, dass sie gut war – aber ich hatte den Eindruck, sie wusste nicht, wie überragend ihr Können war. Ich legte mich auf ihr Bett und schloss die Augen, während sie spielte. Meine Gedanken hielten für einen Moment inne, versanken in der Melodie, verloren sich in ihrer klaren Singstimme.

»Und das hast du selbst geschrieben?«, fragte ich anschließend.

Sie nickte, legte sich zaghaft an den Rand ihres Bettes neben mich. »Hat es dir gefallen?«

»Ich hatte Gänsehaut«, sagte ich, und Diana grinste. Ich nahm ihre Hand, spürte, wie schnell ihr Herzschlag war, legte sie auf meine Brust, ließ sie meinen Herzschlag spüren. »Du zitterst ja«, sagte ich.

»Das ist normal«, sagte sie. »Mir ist nur kalt.«

»Soll ich dich wärmen?«

Diana bewegte sich vom Bettrand weg, näher zu mir. So weit, bis unsere Nasenspitzen sich beinahe berührten. Ihre Nase war tatsächlich etwas krumm. Als wir uns küssten, merkte ich davon nichts.

Sarah reagierte freudig, als ich ihr erzählte, dass ich jemand Neues kennengelernt habe.

»Wer ist es?«, fragte sie und lief hibbelig neben mir her. »Kenne ich ihn? Zeig mir ein Bild.«

Ich lachte und zeigte ihr Dianas Whatsapp-Bild. Sarah war erst verwirrt, dann enttäuscht. »Wieso denn eine Frau?«

Ich zuckte mit den Schultern. »Es hat sich so ergeben.«

»Deinen Frauengeschmack kenne ich jetzt zur Genüge.« Sarah betrachtete das Bild genauer. »Sie sieht aus wie Aurora.«

»Findest du? Sie ist ganz anders als Aurora.«

Sarah wirkte nicht überzeugt. »Die wichtigste Frage ist doch: Ist sie lieb zu dir?«

»Ja, das ist sie.«

2

Das Gesundheitsamt bot kostenfreie Untersuchungen an. Theo begleitete mich. Wir zogen beide eine Nummer, setzten uns in den überfüllten Warteraum. Als eine blinkende 54 auf dem Screen erschien, betrat ich den Behandlungsraum.

»Warum sind Sie hier?«, fragte mich die Ärztin, ohne von ihrem Bildschirm aufzuschauen.

»Ich würde mich gerne auf Geschlechtskrankheiten testen lassen.« Ich erzählte ihr von meinen wechselnden Geschlechts-partnern und der neuen Beziehung.

»Ich habe keine Beschwerden. Ich möchte einfach sicher sein, dass alles in Ordnung ist.«

Die Ärztin musterte mich durch ihre dicken Brillengläser. »Verkehren Sie mit Frauen oder Männern?«

»Mit beiden.«

Ihre Augenbrauen wanderten zum Haaransatz, die Falten ihrer Mundwinkel zogen sich in die Länge. »Erzählen Sie den Frauen von Ihren sexuellen Handlungen mit Männern?«

Ich empfand die Frage als übergriffig, antwortete dennoch: »Wenn es ernst wird.«

»Definieren Sie *ernst!*«

»Naja … wenn es in Richtung Bezieh…«

»Sie sind sich im Klaren, dass Sie einer höheren Risikogruppe angehören?«, unterbrach mich die Ärztin, ihre Stimme plötzlich laut und autoritär. »Ihre Sexpartnerinnen setzen sich einer erhöhten Gefahr aus, wenn sie mit Ihnen verkehren. Sagen Sie es ihnen nicht, grenzt das an vorsätzliche Körperverletzung.«

Ich wollte sicher sein, dass ich gesund war, bevor ich mit Diana schlief. Aus ebenjenem Grund war ich hier. Wieso wurde ich wie ein Verbrecher behandelt? Ich überlegte zu gehen, entschied mich allerdings, es nicht auf mir sitzen zu lassen: »Sie stellen mich gerade so hin, als wäre ich ungesund, als wäre ich … dreckig. Dabei bin ich doch hier, um mich durchchecken zu lassen.«

Die Ärztin schnalzte mit der Zunge: »Nehmen Sie es nicht persönlich. Ich bin Medizinerin, und die Fakten belegen, dass Sie einer höheren Risikogruppe angehören. Aus demselben Grund dürfen Homosexuelle auch kein Blut spenden. Kein Grund, empfindlich zu reagieren.«

Nach der Untersuchung legte mir Theo eine Hand auf die Schulter. »Alles in Ordnung, Luca?« Er spürte sofort, in welcher Stimmung ich war.

»Ich merke gerade wieder, dass nicht alle Menschen so sind wie du und Sarah.«

Als ich Diana zum ersten Mal in meine Wohnung einlud, brachte sie eine selbstgebackene Torte mit. »Du sagtest mal, du magst Prinzregententorte.« Sie ärgerte sich über die zähe Glasur und den zu dick geratenen Boden. Ich fand sie köstlich, und sagte es ihr auch.

Bei ihrem zweiten Besuch schenkte sie mir eine bemalte Handyhülle. »Ich habe gesehen, dass du eine neue Hülle gebrauchen könntest. Ich hoffe, du magst Pokemon.« Ein gelbes Pikachu feuerte einen Donnerblitz darauf ab. Sie machte mich auf die zu dicken Striche aufmerksam und die Ecken, an denen die Farbe nicht ganz deckte. Ich freute mich sehr und sagte es ihr auch. Zu ihren nächsten Besuchen bekam ich von Diana eine Bruno Mars-CD, ihren liebsten Marylin Monroe-Film *Manche mögen's heiß* und Zutaten für ein original persisches Curry. »Du musst mir doch nicht immer etwas schenken«, sagte ich ihr jedes Mal. Sie gab mir einen Kuss und meinte, es sei ihr eine Freude.

Im Freien griff sie nach meiner Hand, ließ sie auch nicht los, wenn wir Rolltreppe fuhren oder in die U-Bahn stiegen. An gemeinsamen Spieleabenden mit Sarah und Theo kuschelte sie sich an mich, störte sich nicht daran, dass ich ihre Karten sehen konnte. Wenn ich morgens die Augen öffnete, saß sie neben mir und wünschte mir einen schönen Morgen, fragte mich, wie ich geschlafen hatte.

Im Bett wechselte Diana zwischen zwei Modi: Entweder überraschte sie mich, wollte verrückte Dinge ausprobieren, sogar Spielzeug verwenden – oder sie bewegte sich kaum, küsste halbherzig, wollte danach nicht kuscheln, verschwand hinter einer Wand aus Gedanken, hinter der ich sie nicht erreichte.

Ich sagte ihr, dass es nicht schlimm sei. Sie antwortete mir, dass sie mich liebe. Manchmal glaubte ich, sie auch zu lieben. Diana drängte mich nicht: »Du wurdest verletzt, das braucht Zeit«, sagte sie und nicht mehr.

Oft rechnete ich damit, dass Diana keine Lust mehr auf mich hatte, dass ihr meine Bemühungen nicht ausreichen, sie jemanden suchte, der weniger kaputt war, der ihre Liebe gleichwertig erwiderte. Was stimmte mit ihr nicht, dass sie mich wollte und keinen anderen?

Ich hatte lange auf Kais versprochene E-Mail gewartet. Als ich sie erhielt, war sie gewohnt detailliert: Kai plante, nach seinem Studium ein Start-up in Hamburg zu gründen. Stichwort: energieeffizientes Wohnen. Flo, den ich noch von meiner Barcelona-Reise kannte, war mit an Bord und zuständig für den finanziellen Aspekt. »Wir bauen keine Häuser, sondern liefern strategische Dienstleistungen. Wir beraten und klären auf, stellen Architekten an und betreuen die Fertigstellung von Teilbereichen der Gebäude, später vielleicht sogar ganzer Gebäude.« Ich wäre für die IT zuständig. »Wir brauchen jemanden, der uns vor Ort berät und die Geräte wartet. Darüber hinaus werden die Häuser der Zukunft sehr viel mehr technische Komponenten beinhalten. Energieeffizientes Wohnen ohne Informatik funktioniert nicht«, schrieb Kai. Anstelle eines beliebigen Externen wolle er mich. »Ich weiß, das ist ein Mammutprojekt, aber ich denke, dass du der Richtige dafür bist, Luca. Man braucht große Aufgaben, um zu wachsen. Flo und ich haben dieses Vertrauen in dich. Überlege es dir.« Am Ende der E-Mail hängte Kai einen schwarzen Smiley an.

Ich dachte viel über Kais Angebot nach, fühlte mich von seinem Vertrauen geehrt. Nach Hamburg zu ziehen, würde bedeuten, meine Familie seltener zu sehen. Bene wäre enttäuscht, vielleicht würde er sich wieder vor mir verschließen. Würde die Beziehung mit Diana die Entfernung überleben? Ich war gelegentlich abweisend zu ihr, aber ich war da: Sie hatte mich bei sich. Das brauchte sie. Ich wartete auf den geeigneten Zeitpunkt, um meiner Familie und Diana von dem Angebot zu erzählen – noch war er nicht gekommen.

Traditionell reservierten wir ein Herbstwochenende für einen Familienausflug. Dieses Jahr wollte Bene zum Affenberg in Salem. »Wir gehen immer wandern«, grummelte er. »Bitte lasst uns dieses Jahr etwas anderes machen.« Ich wusste, weshalb Bene zum Affenberg wollte. Das letzte Mal, als wir dorthin gefahren waren, war ich klein, Bene kleiner und unser Vater mit dabei gewesen.

Henrik würde zu Hause bleiben. Er hatte sich auf der Treppe den Knöchel umgeknickt. Jetzt saß er mit bandagiertem Fuß am Küchentisch, presste den halben Tag Orangen und löste Kreuzworträtsel.

Stattdessen fragte ich Diana, ob sie mitkommen wolle.

Sie war furchtbar aufgeregt, meine Mutter kennenzulernen, und redete während der gesamten Autofahrt.

»Man sollte meinen, sie müsse auch mal Luft holen«, flüsterte Bene.

Meine Mutter schaltete die Heizung auf Maximum und ihre Ohren auf Durchzug. Diana merkte es nicht, ihr Monolog brauchte keine Antworten.

Am Affenberg angekommen, fühlte ich mich in der Zeit zurückversetzt. Wir kauften Futter für die Affen wie damals, hörten Stare und Elstern zwitschern wie damals, selbst die Verbotsschilder sahen genauso aus wie bei unserem letzten Besuch. Der harzige Waldgeruch linkte zu verstaubten Erinnerungen: An diesem Picknicktisch hatte mein Vater mich auf den Schoß genommen, an der Steigung war meine Mutter ausgerutscht. Dort war ich in die Hausecke gerannt, und hier hatte Bene seinen Stofftieraffen fallen lassen und geweint, als ein echter Babyaffe ihn mitnahm.

Durch meine Erinnerungen fühlte ich die Nähe meines Vaters, hörte den Bariton seiner Stimme in meinen Ohren. Sein Gesicht blieb verschwommen. Bevor wir ankamen, hatte ich Angst gehabt, die damaligen Erinnerungen mit neuen zu überschreiben, fürchtete, meinen Vater dadurch noch mehr zu verlieren. Das Gegenteilige war der Fall: Ich fühlte mich ihm so nahe wie schon lange nicht mehr. Obwohl Jahre zwischen unserem damaligen Besuch und jetzt lagen, fühlte ich seine Präsenz unmittelbar, als wären wir an diesem Ort lediglich durch einen dünnen Schleier getrennt.

Bene und meine Mutter schwelgten ebenfalls in alten Situationen und Geschehnissen. Nur Diana hatte keine Erinnerungen, zu denen sie zurückkehren konnte.

»Die Affen sind voll eklig«, sagte sie.

Und: »Wieso sollte ich die Affen füttern wollen? Die beißen mich noch.«

Und: »Muss es hier so stinken?«

Und: »Es ist richtig kalt hier. Kann ich deine Jacke haben?«

Sie fragte mich leise: »Ich nerve alle, oder?« Sie wirkte niedergeschlagen und klammerte sich an meinen Arm.

Ich bereute es, Diana mitgenommen zu haben.

Meine Mutter drückte ihre Zigarette aus und lehnte sich zu mir, als wir vor den Toiletten auf Diana warteten. »Sie wirkt sehr jung auf mich«, sagte sie.

»Sie ist aufgeregt, dich kennenzulernen. Normalerweise redet sie nicht so viel.« Ich überlegte. »Na gut, aber sie jammert weniger.«

Meine Mutter sagte: »Sie liebt dich sehr – aber du sie nicht, nicht wahr?«

Als sie es aussprach, wusste ich, dass es stimmte. »Ist es so offensichtlich?«, fragte ich sie.

Bene hatte mitgehört. »Das ändert sich bestimmt noch, Luca. Eines Morgens wachst du auf und – bämm – du bist verliebt.« Benes Größe und seine ruhige Art ließen ihn älter wirken. Oft vergaß ich, wie jung er noch war.

»So funktioniert das leider nicht«, sagte ich.

»Und ob das so funktioniert«, sagte Bene. »So war das nämlich bei Quirin, dem Enkel des alten Bürgermeisters. Der ist auch eines Morgens aufgewacht und stellte fest, dass er sich in einen Mann verliebt hat.«

»Woher weißt du das?«, fragte meine Mutter, offensichtlich schockiert darüber, noch nichts davon gewusst zu haben.

»Ich höre viel, wenn ich im Dorf auf der Parkbank sitze«, sagte Bene. »Jeder plappert darüber.«

Wie hatte Quirin nochmal ausgesehen: blond, lockig, schmal? Ich wusste, dass der Enkel des Bürgermeisters eine Schulstufe unter mir war. Ich hatte nie ein Wort mit ihm gewechselt. Trotzdem verspürte ich Mitleid. Das ganze Dorf zerriss sich den Mund über ihn. *Eine furchtbare Vorstellung.* Wie würde es mir an seiner Stelle gehen?

Auf dem Heimweg unterbrach ich Dianas Ausführungen über die Ästhetik von Polaroid-Bildern und erzählte von Kais Job-Angebot. »Ich würde erst nach dem Bachelorabschluss anfangen«, sagte ich und versuchte damit, die erste Frage meiner Mutter vorwegzunehmen. Sie sagte nichts, wirkte nachdenklich. Diana hatte es die Sprache verschlagen.

»Man braucht über zehn Stunden von Hamburg nach Eglheim mit dem Zug«, sagte Bene niedergeschlagen. »Würdest du uns oft besuchen kommen?«

»Sooft es geht«, antwortete ich. »Notfalls fliege ich zu euch.«

Eine Weile lang sagte niemand etwas. Diana starrte aus dem Fenster, befand sich hinter ihrer Wand aus Gedanken. Meine Mutter suchte meinen Blick im Rückspiegel. »Wenn du es machen willst, Luca, unterstützen wir dich.« Sie lächelte. »Natürlich wäre es mir lieber, wenn du in der Nähe bleiben würdest, aber andererseits könntest du auch noch viel weiter weggehen.«

Bene nickte. »Wir können dich ja auch besuchen kommen. Das wird bestimmt toll.«

Ich merkte erst jetzt, wie angespannt mein Körper gewesen war. »Ich hab mich noch nicht entschieden«, erinnerte ich sie.

Diana sagte nichts. Als wir sie am Pasinger Bahnhof absetzten, weinte sie. Sie holte ihren Rucksack aus dem Kofferraum, reagierte nicht auf meine Worte.

Wir hielten in zweiter Reihe. Die Autos hinter uns hupten. »Soll ich warten?«, fragte meine Mutter.

»Ich bin gleich zurück.« Ich sprang aus dem Auto und Diana hinterher. Meine Mutter setzte den Blinker.

»Was soll das?«, fragte ich Diana, die stur weiterlief. »Kannst du bitte mit mir reden!« Ich stellte mich ihr in den Weg, sie ging um mich herum, rempelte ein kleines Mädchen an, entschuldigte sich, lief weiter. Ich rief Dianas Namen, aber sie drehte sich nicht mehr um, verschwand zwischen den hohen Glastüren.

Auch wenn sie nicht wollte, dass ich ging, auch wenn unsere Beziehung unter der Entfernung leiden würde – sollte ich wegen ihr hierbleiben? *Will sie das wirklich?* Später würde ich ihr Vorwürfe machen, dass sie der Grund war, weswegen ich die Chance nicht genutzt hatte.

Ich stieg zurück in unser Auto, hinter dem sich eine hupende Kolonne gebildet hatte. »Sie ist jung«, sagte meine Mutter und fuhr an.

3

Diana schrieb mir viele Nachrichten, in denen sie sich entschuldigte. Sie erklärte mir, dass sie sich unwichtig vorkäme, dass ich auf ihre Gefühle keine Rücksicht nehmen würde. »Ich bin keine Priorität in deinem Leben, Luca.« Sie hatte recht, meine Familie und Freunde waren mir wichtiger als sie. Auch mein Studium und gelegentlich richtig lange auszuschlafen zog ich ihr vor. *Aber sagen kann ich ihr das nicht. Ich möchte ihr nicht wehtun.*

Oder verletzte ich sie womöglich mehr, indem ich diese Beziehung weiterführte? Ich fühlte mich überfordert von ihrer Liebe, freute mich insgeheim, wenn wir uns nicht sehen konnten. Dabei genoss ich ihre Zuneigung – sie war nur zu viel für mich.

Ich hatte mir eingebildet, kein Problem damit zu haben, Liebe anzunehmen. Offensichtlich lag ich falsch. Kais Worte kamen mir in den Sinn: »Die Schwierigkeit wird sein, diese Wertschätzung auch annehmen zu können.« Je netter Diana zu mir war, desto abweisender wurde ich. Ich wünschte, es wäre anders. Ich wünschte, ich könnte ihre Liebe erwidern, ihr all die Gefühle geben, die ich für Aurora empfand.

Ich sah mich plötzlich an Auroras Stelle. Sie wurde von jemandem geliebt, dessen Liebe sie nicht erwidern konnte. Vielleicht war mein Übermaß an Liebe der Grund für ihre Unzufriedenheit gewesen. *Wurde Aurora von meiner Liebe erdrückt?*

Ich wollte es besser machen als Aurora. Sie hatte sich entschieden, die Beziehung weiterzuführen, mich zu hintergehen – erst als ich sie mit ihrer Untreue konfrontierte, machte sie Schluss. Ich durfte Diana nicht dasselbe antun – ich musste es beenden. Bestenfalls vor Weihnachten. Bevor Diana mich mit noch mehr Geschenken überhäufte.

Dianas Mutter öffnete mir die Tür. Sie begrüßte mich überschwänglich, erzählte mir von ihrem produktiven Hausputz. »Ich habe nochmal Sahne geschlagen, weil Diana meinte, du kommst«, sagte sie und reichte mir ein Stück Kuchen. Ich kämpfte das Kuchenstück hinunter, schlug ein zweites aus. Mein schlechtes Gewissen war grenzenlos. Ich ging in Dianas Zimmer.

Sie saß an ihrem Schreibtisch, Malutensilien lagen darauf. »Nicht schauen«, schrie sie, als ich eintrat. »Es ist noch nicht fertig.« Sie drehte das Blatt um und gab mir einen Kuss. Ihre Lippen hinterließen einen tauben Nachgeschmack.

Diana spürte meine Stimmung. Sie überspielte ihre Unsicherheit wie immer, indem sie redete. Solange ich nicht zu Wort kam, konnte ich auch nichts Schlimmes sagen. Ich hörte ihr zu und ließ sie sprechen. Bis sie sich neben mich auf ihr Bett setzte und kuscheln wollte. »Diana, ich muss mit dir über etwas Wichtiges reden.«

Ihr Lächeln verschwand. »Hat das nicht Zeit?«, fragte sie und wollte mich küssen.

Ich drehte mich weg. »Nein, Diana, bitte hör zu.«

»Spielverderber«, sagte Diana und begann, meinen Gürtel zu öffnen. »Ich weiß, wir müssen über unseren Streit reden, aber nach dem Sex geht das besser.« Sie griff mit ihrer Hand in meine Hose. »Viel besser.«

Ich zog ihre Hand heraus. »Nein, Diana, jetzt hör mir zu! Lass das bitte.«

Diana seufzte und lehnte sich mit verschränkten Armen gegen die Wand.

Ich schloss meine Gürtelschnalle und setzte mich ihr gegenüber. Diana glaubte, ich wolle über unseren Streit reden. Ihre Haltung war abweisend, leicht angepisst.

Als ich sagte: »Ich denke nicht, dass wir glücklich miteinander werden«, veränderte sich ihr Gehabe. Ihre Fingernägel krallten sich in ihre Oberarme. Sie wirkte plötzlich erschreckend zerbrechlich. »Du machst mit mir Schluss?«, fragte sie. »Warum?«

Ich entschied mich, ehrlich zu sein. »Weil ich dich nie so lieben kann, wie du es verdient hast.«

Diana versuchte zu argumentieren: Sie könne wohl selbst abschätzen, wie viel sie verdiene und ob ihr meine Zuneigung genüge. Ich stelle sie vor vollendete Tatsachen. Sie wisse, dass ich Probleme habe, aber sie sei bereit zu kämpfen.

Sie hatte wie immer recht – aber das änderte nichts an der Tatsache, dass ich sie nicht lieben konnte.

»Es tut mir leid, Diana«, sagte ich und stand auf.

Diana wischte sich die Tränen von den Wangen, hielt mich fest, sagte mir, wie viel ich ihr bedeutete. »Das kann doch nicht alles sein? Und ab morgen redest du nicht mehr mit mir? Bekomme ich wenigstens einen letzten Kuss?«

Ich nickte, und sie küsste mich. Ich roch das Salz auf ihrer Haut, schmeckte es an ihrem Mund. Ich wollte nicht derjenige sein, der den Kuss beendete. Wenn sie es als Abschluss brauchte, dann sollte sie entscheiden, wie viel genug war. Es dauerte.

Diana gab mir noch einen Kuss auf die Wange. Als wir uns lösten, zitterte sie. Dann versteinerte sie: Ihr Gesicht wurde ausdruckslos, ihr Blick leer, ihre Atmung flach. Mit ruhiger Stimme sagte sie: »Bitte geh jetzt.«

Das Haus hatte dünne Wände. Dianas Mutter sagte nichts, sah mich an, als wolle sie mich ohrfeigen. Die Haustür zog ich selbst hinter mir zu.

4

Am Morgen des 24. Dezember fuhr ich mit Henrik letzte Weihnachtsgeschenke besorgen. »Deine Mutter hat mir vor Wochen gesagt, was sie sich wünscht«, sagte Henrik, während er die

Regalreihen musterte. »Ich glaube, es war ein Smoothie-Mixer. Warum gibt es so viele unterschiedliche?« Das Geschäft war überlaufen. Ich griff nach einem Computerspiel für Bene und wurde von einem Mann zur Seite gestoßen, stürzte beinahe über die gestapelten Mikrowellen.

»Was für ein Rüpel«, schimpfte Henrik.

»Schon okay«, sagte ich. *Vermutlich verdiene ich es.* Ich hatte Diana verletzt – das schlechte Karma machte sich bemerkbar. Gestern hatte ich versehentlich auf eine heiße Herdplatte gegriffen, am Tag davor meinen Kopf an der Schranktür angeschlagen.

Nach dem Beziehungsende quälte mich das Schuldgefühl. Später empfand ich Stolz, weil ich es nicht länger hinausgezögert hatte, Freude, weil ich nun kein schlechtes Gewissen mehr zu haben brauchte, und Erleichterung, weil ich das Beziehungsende ohne großes Drama hinter mich gebracht hatte. All diese positiven Emotionen bewirkten, dass ich mich erneut schuldig fühlte: Mir durfte es nicht gut gehen, nachdem ich Diana Schmerzen zugefügt hatte – das wäre nicht fair.

Ich nahm das Computerspiel für Bene, Henrik gleich zwei verschiedene Smoothie-Mixer für meine Mutter. »Sie soll sagen, welchen sie haben möchte. Den anderen bringe ich wieder zurück.«

Wir legten die Geschenke unter den Weihnachtsbaum, den Bene dieses Jahr mit weißen Kugeln und goldenem Lametta geschmückt hatte. Im Ofen schmorte bereits ein Gänsebraten. Meine Mutter kochte seit den frühen Morgenstunden.

Ich setzte mich auf das Wohnzimmersofa, rutschte in dieselbe Kuhle, in der ich schon als kleiner Junge gesessen hatte.

Der Dampfabzug in der Küche dröhnte herein, dahinter hörte ich leise Benes Klavierspiel. Er übte für unser traditionelles Singen um den Weihnachtsbaum. Ich schloss die Augen. Meine Familie, dieses Haus, ich merkte erst, wie einsam ich mich in München fühlte, wenn ich wieder hier war. Ob ich mich in Hamburg mehr zu Hause fühlen würde?

Mein Handy bimmelte nonstop. In allen Whatsapp-Gruppen tauschten meine Freunde Weihnachtsglückwünsche aus. Sarah sendete mir ein Video mit dem aussagekräftigen Titel »Dick in a Box« und viele Herz-Smileys. Theo sendete mir dasselbe Video mit einem Zwinker-Smiley. Von Markus erhielt ich ein »Wir wünschen dir ein Frohes Weihnachtsfest voller Freude und dem Segen Gottes«, von Clemens ein »Frohe Weihnachten, Kleiner. Bleib brav.«

Als ich jetzt auf mein Handy blickte, sah ich eine Nachricht von Diana. Zwischen uns hatte seit dem letzten Gespräch Funkstille geherrscht, dementsprechend überrascht war ich, ihren Namen zu sehen. Die Nachricht bestand aus einer Tonaufnahme. Ich kramte meine Kopfhörer aus der Hosentasche, drückte auf den Startknopf. »Für Luca«, hörte ich Dianas Stimme, sie hauchte die Worte. Ein Klavierstück in b-Moll drang an meine Ohren, und obwohl Diana keine Worte dazu sang, verstand ich es. *Unsere Beziehung aus Dianas Perspektive in Liedform.* Der Beginn war lebhaft, gesprungen, er entwickelte sich zu einem brausenden Crescendo, schwere Finger auf den Tasten, unwillig, sich zu heben, die Noten schwangen zwischen tippelnden Hochs und melodischen Tiefs, dann stoppten sie schlagartig. Es folgten mehrere Sekunden vollkommener Stille, und die Nachricht endete.

»Das ist ein sehr schönes Lied, Diana«, schrieb ich zurück. *Was beabsichtigt sie mit der Nachricht? Will sie mich damit wieder zurückgewinnen?* »Warum schickst du mir das?« Die blauen Häkchen erschienen, sobald ich die Nachricht abgeschickt hatte.

Diana antwortete: »Weißt du, warum am Ende Stille ist?«

Ich mutmaßte. »Weil unsere Beziehung und damit die Melodie darin vorbei ist?«

»Das Lied soll nicht unsere Beziehung widerspiegeln, sondern mein Leben«, schrieb Diana.

»Du bist intelligent, hast so viel Talent und Menschen, die dich lieben. Dein Leben ist nicht vorbei, nur weil wir nicht mehr zusammen sind, Diana«, versuchte ich sie zu ermutigen.

»Doch«, schrieb sie. »Ich beende es heute. Lebe wohl, Luca.«

Ich las ihre Nachricht mehrere Male. *Meint sie …? Will sie …?* Ich schrieb: »Diana, was meinst du damit?« Die Nachricht blieb grau, ein Häkchen. Diana empfing meine Nachricht nicht mehr.

Ich wählte ihre Nummer, erreichte aber nur ihre Mailbox. *Sie wird sich doch nichts antun. Gott, lass sie nichts Dummes machen.* Verzweifelt probierte ich es weitere Male. Meine Finger zitterten, ich fühlte die Wände näher kommen, ich bekam keine Luft.

Meine Mutter betrat das Wohnzimmer. »Luca, deck doch schon mal …«

»Mama«, unterbrach ich sie. »Mama, Diana … Sie …« Der Rest blieb mir im Hals stecken. Ich hielt ihr mein Handy hin, und sie las die Nachrichten.

»Mama, nicht noch mal, nicht noch mal wegen mir.« Ich lief im Zimmer auf und ab, meine Mutter streckte ihre Arme nach mir aus, aber ich konnte nicht stillstehen. Mein Herz hämmerte gegen den Brustkorb, als wolle es für zwei schlagen.

»Henrik«, rief meine Mutter und packte ihre Handtasche vom Küchenstuhl. »Das Essen ist fertig. Esst, aber lasst uns was übrig. Luca und ich müssen noch etwas erledigen.«

Henrik sah von meiner Mutter zu mir. »Was ist los? Soll ich mitkommen?«

»Nein, Schatz«, sagte meine Mutter. Es war das erste Mal in Jahren, dass sie ihn so nannte. »Wir beeilen uns.«

Wir jagten über die Landstraßen und auf die Autobahn Richtung München. Die Straßen waren ausgestorben. Ich rief Diana ununterbrochen an, durchsuchte jedes Telefonregister online nach dem Festnetzanschluss ihrer Familie, fand jedoch nichts. »Vermutlich haben sie keines«, sagte ich. »Was ist, wenn Diana schon …?«

»Sie verbringt Weihnachten mit ihrer Familie. Sie wird erst alleine sein, nachdem ihre Eltern schlafen gegangen sind. Wir haben noch Zeit«, sagte meine Mutter. »Feiern sie bei sich zu Hause?«

Ich nickte, obwohl ich es nicht wusste.

Die Minuten bis zu unserer Ankunft zogen sich in die Länge. Jede Minute könnte eine Minute zu spät sein. »Gleich sind wir da«, sagte meine Mutter wie ein Mantra vor sich her.

»Sollen wir die Rettung rufen?«, fragte ich. *Wieso habe ich nicht eher daran gedacht?*

»Ich denke nicht, dass es notwendig ist«, sagte meine Mutter. »Wir sind gleich da.«

Weder schaute sie mich an noch drückte sie meine Hand – sie konzentrierte sich auf den Verkehr. Sie hupte jeden langsamen Fahrer an, hielt die Tachonadel weit über dem Tempo-limit und ignorierte einige rote Ampeln.

Ich wartete nicht, bis meine Mutter einen Parkplatz gefun-den hatte, sondern sprang aus dem Wagen, eilte zum Wohn-haus. Ich klingelte Sturm, bis Dianas Vater mir die Tür öffnete.

»Hallo, ist Diana da?«

Dianas Vater war außer sich. »Was fällt dir ein, uns an Hei-ligabend zu stören? Hast du uns nicht schon genug belästigt?«

»Geht es Diana gut?«, fragte ich, während ich versuchte, an ihm vorbei ins Haus zu spähen.

»Den Umständen entsprechend«, sagte Dianas Vater.

»Den Umständen entsprechend?«, wiederholte ich. »Wel-chen Umständen?«

Dianas Vater drückte mich zur Seite und wollte mir die Tür vor der Nase zuschlagen. »Du hast Nerven! Verschwinde jetzt!«

Ich stellte einen Fuß in den Rahmen, keuchte auf, als die schwere Tür dagegenschlug. »Hau ab! Soll ich die Polizei ru-fen?«, schrie Dianas Vater.

Da tauchte Diana hinter seinen massigen Schultern auf. »Luca?« *Sie lebt! Ich bin nicht zu spät.* Zum ersten Mal in ge-fühlten Stunden konnte ich einen klaren Gedanken fassen.

Diana beruhigte ihren Vater und bat um einen Moment mit mir alleine. »Kommt nicht infrage«, sagte er, doch Diana beschwichtigte ihn. Missmutig verschwand er im Esszimmer.

»Geht es dir gut?«, fragte ich. Sie hatte sich geschminkt, ihre Haare waren zu einem Zopf geflochten.

»Klar geht es mir gut«, sagte sie ruhig und zog mich in eine Umarmung. »Ich hätte nicht erwartet, dass du wegen mir extra hierherfährst.«

»Ich dachte, du willst … dir etwas antun«, erwiderte ich.

»Nicht so laut.« Diana zog die Tür hinter sich zu. »Sorry für die Nachricht. Ich war wohl etwas melodramatisch.« Sie lehnte sich entspannt gegen den Türrahmen.

Ich hatte eine aufgelöste Diana erwartet, ein Nervenbündel. Stattdessen wirkte sie zufrieden und ausgeglichen. Mich beschlich ein Verdacht. »Das heißt, du hattest nie vor, dir etwas anzutun?«

Diana gluckste, bevor sie mir beschwichtigend eine Hand auf die Brust legte. »Du musst dir keine Sorgen um mich machen, Luca. Es war kein Hilfeschrei per se, eher ein Schrei nach dir. Ich wollte sehen, ob du wirklich nichts für mich empfindest.«

»Du wolltest … Was?«

»Und du bist wirklich gekommen – sogar am Weihnachtsabend.« Sie umarmte mich ein weiteres Mal. »Ich bedeute dir wohl doch etwas, nicht wahr?«

Ich sah Diana an, die richtige Diana – Diana, die mich am Heiligen Abend von meiner Familie weggerufen hatte, Diana, die nicht einmal den Anstand hatte, verlegen zu werden, Diana, die offensichtlich ein verwöhntes Gör war, das log, um an ihr Ziel zu kommen. *Wieso erkenne ich sie erst jetzt? Wie oft muss ich mich noch an der Nase herumführen lassen, bevor ich lerne, Menschen besser einzuschätzen?* Mir riss der Geduldsfaden.

»Du weißt von meinem Vater«, sagte ich, meine Stimme ein eisernes Flüstern. »Du weißt, wie sehr mich sein Selbstmord mitgenommen hat.«

Diana wollte mir ins Wort fallen, doch ich redete weiter. »Was geht in deinem Kopf vor? Welche narzisstische Ader treibt dich zu so etwas? Zu behaupten, dass du dich selbst töten willst?

Sag so etwas nie, wenn du es nicht auch so meinst! Weißt du, durch welche Hölle du mich gerade geschickt hast?«

»Ich liebe dich, Luca. Du hast gemeint …«

»Du bist krank, Diana. Absolut krank.«

Diana hielt mich zurück. »Nein, Luca, nein! Du meintest, du kannst mich nicht lieben. Aber du bist heute gekommen – also liebst du mich. Das kannst du nicht abstreiten.« Sie legte ihre Hand an meine Wange. »Ich möchte, dass du es siehst.«

»Such dir Hilfe, Diana, aber nicht bei mir.« Ich schlug ihre Hand weg. »Vergiss meine Nummer!« Ich hörte sie meinen Namen rufen. Ich drehte mich nicht mehr um, blockierte sofort ihre Nummer und all ihre Social Media Profile. Diana hatte erreicht, was sie wollte: Heute Nacht war sie für mich gestorben.

5

Wir waren auf halber Strecke zurück nach Eglheim, bevor ich meiner Mutter erzählte, was passiert war. »Du wolltest nicht, dass wir die Polizei rufen«, sagte ich. »Du hast gewusst, dass sie es nicht ernst meint.«

»Ich wusste es nicht, aber ich hatte eine Ahnung«, sagte sie und griff nach meiner Hand. »Luca, du sagtest vorhin: ›Nicht noch mal wegen mir.‹« Sie drückte meine Hand. »Du hast keinen Grund, dir die Schuld am Tod deines Vaters zu geben.«

»Aber es ist meine Schuld, Mama.« Die Last der Worte lag auf meinen Schultern. Es war eine Wahrheit darin, die mich niederdrückte, tagein, tagaus, ob ich an sie dachte oder nicht.

»Nein, mein Schatz.«

»Doch«, sagte ich, und zum ersten Mal seit dem Tod meines Vaters fühlte ich Tränen in mir aufsteigen. »Es ist wahr. Ich war kalt zu ihm, mein Leben lang. Ich hab ihm keine Chance gegeben.« Die Bodenmarkierungen zogen vorbei. »Er war kein schlechter Mensch. Er hat sich oft gemeldet, wollte viele Dinge mit uns machen – wieso sehe ich erst jetzt, wie traurig er war? Er trug eine Maske, die ich hätte erkennen sollen. Wieso sehe ich erst hinter die Maske, wenn es zu spät ist? Egal, ob Vater, Aurora oder Diana – ich bin so mit mir selbst beschäftigt, dass ich die Menschen um mich herum nicht richtig sehe.« Mein Körper war ausgelaugt, das Adrenalin war aufgebraucht. »Mama, ich habe dir eine Sache noch nicht erzählt.«

»Was denn, Schatz?«

Meine Gedanken verbalisierten sich von selbst, sie wollten gehört werden, mein Gewissen freireden: »Vater hat mich angerufen, am Tag vor seinem Tod. Er wollte mit mir reden, Mama, er wollte mit mir reden, nicht mit Bene, mit mir, aber ich hatte keine Lust auf ihn. Ich hatte mein Handy in der Hand, habe seinen Namen gelesen und es einfach klingeln lassen. Ich habe es einfach klingeln lassen.« Meine Mutter drückte meine Hand so fest, dass ich mir sicher war, blaue Flecken davonzutragen. »Ich hätte es ihm ausreden können. Ich hätte ihm sagen können, wie sehr ich ihn liebe. Das verzeihe ich mir nie«, sagte ich.

Das Ortsschild von Eglheim flog an uns vorbei. Meine Mutter passierte unsere Straßeneinfahrt. »Luca, danke, dass du mit mir so offen warst. Jetzt hör mir bitte zu.« Sie bog auf eine Landstraße ein, die zu unserem Nachbarort führte. »Ich verstehe, dass du dich schuldig fühlst, aber dazu hast du keinen Grund – ich bin diejenige, die sich Vorwürfe machen muss.« Sie lenkte das Auto auf einen Parkplatz, stellte es ab. Sie ließ meine Hand los, zündete sich eine Zigarette an, öffnete das Fenster einen Spaltbreit und legte ihre Hand wieder auf meine. »Ich lernte deinen Vater kennen und verliebte mich Hals über Kopf in ihn. Er war humorvoll, gut aussehend und intelligent – allesamt Qualitäten, die einen Mann für mich begehrenswert machten. Du bist nicht der Einzige, der sich wünschte, eher hinter die Maske sehen zu können, Luca. Es dauerte, bis ich erkannte, dass er zu Lethargie neigte. Oft stand er tagelang nicht aus seinem Bett auf, wollte mich nicht sehen, weil er sich nicht aufraffen konnte zu duschen. Er wurde schnell aggressiv, warf Stühle, schlug gegen Wände – schlug auch sich selbst. Er war grundlos traurig, sah den Sinn in alltäglichen Belangen nicht. Er strebte nach Großem und war enttäuscht, wenn die Dinge nicht auf Anhieb funktionierten. Oft schrie er mich an, beleidigte mich grundlos. Danach schämte er sich für sein Verhalten, entschuldigte sich immer. Ich wollte ihn verlassen – aber da war ich schon schwanger mit dir, Luca. Dein Vater versprach, sich zu bessern, für dich, für mich – also blieb ich bei ihm.« Sie zog an ihrer Zigarette, blies den Rauch durch den Fensterspalt. »Wenn ich deinem Vater für eine Sache danken möchte, dann dafür, dass er mir dich und deinen Bruder geschenkt hat. Ihr seid das Kostbarste in meinem Leben.«

Dieses Mal nahm ich ihre Hand in meine. »Mama …«

»Ich hab so viel falsch gemacht, als ihr klein wart. Ich konnte euch nicht schützen – nicht vor seiner Härte, nicht vor seiner Trauer.« Ich hörte, wie sie weinte. »Du warst nicht grundlos abweisend zu ihm, Luca. Er war kein guter Vater, launisch und missmutig. Sperrte dich stundenlang in dein Zimmer, wenn ich arbeitete. Drohte dir mit Strafen, wenn du dein Essen nicht aufaßest.«

»Ich erinnere mich nicht daran«, sagte ich.

»Vielleicht verdrängst du es. Lange Zeit ahnte ich die Ausmaße nicht. Du wolltest nie alleine bei deinem Vater bleiben, aber ich wusste nicht, warum, du hast nie etwas gesagt. Als ich endlich aus dir herausbekommen habe, welche Spielchen dein Vater mit dir treibt, habe ich mich getrennt. Es war der letzte Tropfen, den ich einfach nicht mehr ignorieren konnte. Er kämpfte nicht um euer Sorgerecht und – bei Gott – ich hätte es ihm nicht gegeben. Nach der Scheidung ließ ich euch nicht alleine mit ihm, bis ich mir sicher war, dass ihr stark genug seid.«

»Was ist mit Bene?«, fragte ich. »Hat er ihn auch so behandelt?«

»Als dein Bruder geboren wurde, hatte ich euch bereits ständig bei mir«, sagte meine Mutter. »In den wenigen Momenten, als ihr mit eurem Vater alleine wart, warst du sein Schutzschild. Das weiß ich, weil du dich heute noch schützend vor ihn stellst.« Sie versuchte sich an einem Lächeln. »Dein Bruder verstand euren Vater vermutlich besser als wir beide. Er hat seine Abgründe gesehen, aber ihn dennoch nicht aufgegeben. Ich bilde mir ein, zu Beginn unserer Ehe ebenso für ihn gekämpft zu haben. Ich wollte eurem Vater helfen, ihm ein Fundament bauen, das ihm Sicherheit gab. Ich liebte ihn trotz alledem. Die Hoffnung auf Besserung war es, die mich bei ihm bleiben ließ.«

Ich erkannte die Parallele zu meinen Gefühlen für Aurora. »Du hast nicht Vater geliebt, sondern die Person, die er in deinen Vorstellungen hätte sein können.«

»Damit hast du vermutlich recht«, sagte meine Mutter. »Luca, du sagtest, dein Vater habe dich am Tag vor seinem Tod angerufen. Du musst wissen: Er wollte auch Bene sprechen, aber ich ließ ihn nicht.«

»Du hast mit ihm geredet?«

»Ja, am Tag vor seinem Tod hat er mich angerufen, er wollte Bene sprechen. Falls du dich erinnerst: Ich hatte ihm den Kontakt zu deinem Bruder verboten, nachdem Bene so niedergeschlagen von eurem letzten Treffen zurückgekommen war. Euer Vater redete sehr ruhig. Im Nachhinein denke ich mir, er wirkte entschlossen, fast friedlich.«

»Was hat er zu dir gesagt?«, fragte ich aufgeregt.

»Es war ein kurzes Gespräch: Er wollte Bene sprechen, ich sagte ›Nein‹, er verabschiedete sich und legte auf. Ich hielt es für ein gutes Zeichen. Euer Vater hatte schon oft am Telefon geweint oder mich beleidigt – ich nahm seine ruhige Art als einen Schritt in die richtige Richtung.«

»Hast du Bene von dem Anruf erzählt?«, fragte ich meine Mutter.

»Nein«, antwortete sie. »Ich denke, er könnte es mir nicht verzeihen. Er würde es versuchen, aber er wäre sehr verletzt und wütend.« Meine Mutter vergrub das Gesicht in ihren Händen, sie atmete mehrere Male tief ein. »Falls du meinst, das ist selbstsüchtig, dann hast du vermutlich recht. Ich bin nicht perfekt, Luca. Ich habe so viele Fehler gemacht in meinem Leben. Ich hoffe, du kannst mir irgendwann verzeihen.«

Ich umarmte meine Mutter. »Da gibt es nichts zu verzeihen, Mama. Dass du nicht perfekt bist, weiß ich schon länger.« Wir lachten. Meine Mundwinkel hatten Mühe, sich in die richtige

Richtung zu biegen – so lange erschien es mir, dass ich das letzte Mal gelacht hatte. »Ich werde Bene nichts sagen.«

»Danke dir.« Meine Mutter löste sich aus der Umarmung, startete den Motor.

Es war kurz vor Mitternacht, die Lichter im Haus brannten noch. Als wir in unsere Einfahrt einbogen, sagte sie: »Du hättest den Tod nicht verhindern können, Luca, auch wenn du seinen Anruf angenommen hättest.« Sie verlieh ihrer Stimme Nachdruck. »Ich verstehe, dass du dich schuldig fühlst. Es gab viele verpasste Chancen im Leben deines Vaters – aber im Endeffekt war es seine eigene Entscheidung.«

»Das weiß ich«, sagte ich. »Ich wünschte nur, dass mein Gefühl das auch schon versteht.«

Meine Mutter strich mir über das Gesicht. »Du wolltest schon immer weiter sein als du bist. Im Leben existieren keine Abkürzungen, man muss den langen Weg gehen. Du musst ihn aber nicht alleine gehen, Schatz.« Sie küsste mich auf die Stirn, eine Geste, die ich von ihr nicht kannte. »Ich bin so stolz auf dich, Luca, und auf den Mann, der du geworden bist«, sagte meine Mutter, bevor Bene aus der Tür trat und uns ins Haus winkte.

CLEMENS

1

Bene und Henrik hatten mit dem Öffnen der Geschenke auf uns gewartet. Als meine Mutter die beiden Mixer auspackte, gefielen ihr überraschenderweise beide. »Der eine kommt mit einer praktischen Trinkflasche, aber der andere passt farblich besser zur Küche. Henrik hat wirklich gut ausgesucht.«

»Schwer zu glauben«, flüsterte ich meiner Mutter zu.

»Schwer zu glauben«, erwiderte sie nickend.

Für Bene hatte Henrik ein Kalligraphie-Set besorgt. »Und noch eine Kleinigkeit, damit du nicht immer meines klauen musst.« Henrik überreichte meinem Bruder ein Parfum. Benes Gesicht nahm dieselbe Farbe an wie der weihnachtliche Flakon.

»Danke, Henrik.«

Bene schenkte mir selbstgestrickte Socken mit passendem Schal und Mütze, von meiner Mutter bekam ich einen Geldgutschein für den Elektrofachhandel.

Nachdem unsere Mutter und Henrik schlafen gegangen waren, trug ich Benes selbstgestrickte Socken, er sein neues Parfum, und wir zockten das Computerspiel, das ich ihm geschenkt hatte. Das Schwerterrasseln und Quietschen der Gegner lullte mich in einen unruhigen Schlaf. Darin sah ich meinen Vater, klein, farblos. Er weinte und schlug mit seinen Fäusten gegen die verschwommene Masse, die sein Gesicht war. Ich wachte auf, zugedeckt, mit Bene neben mir. Sein gleichmäßiger Atem beruhigte mich.

Pünktlich zur letzten Semesterwoche begann es zu schneien. Sarah beschwerte sich über die kalten Klassenzimmer, erschien unter Schichten von Pullovern und Jacken. Statt ihren üblichen Wasserflaschen kramte sie mehrere Thermoskannen voll Tee aus ihrem Jutebeutel. »Ich könnte nicht mal so viel Tee trinken, wenn man mich dazu zwingen würde«, scherzte ich.

»Anfänger«, sagte sie und leerte den Deckel in einem Zug.

Sarah hatte letztes Semester mehr Prüfungen geschoben als ich, sah dennoch keinen Grund, sich deswegen zu stressen. »Dann brauche ich eben ein Semester länger. Vor Theo bin ich allemal fertig.« Viel wichtiger war Sarah, den gemeinsamen Urlaub zu planen. »Du, Theo und ich, das wird richtig geil! Diesem kalten Wetter entkommen, den ganzen Tag am Strand chillen und Bierchen killen. Was hältst du von Bali?« Ich sagte ihr, Bali wäre zu teuer. »Lass mich nur machen«, sagte sie und scrollte durch Flugangebote.

Meine Tage verschmolzen ineinander, so ereignislos waren sie. Ich überlegte mir einen Lernplan und hielt mich daran. Vormittags besprach ich mit Sarah und anderen Kommilitonen Rechenbeispiele und Musterlösungen, an den Nachmittagen setzte ich mich zum Lesen und Auswendiglernen in die Staatsbibliothek. Ich hatte erwartet, Clemens dort zu treffen, aber er hatte scheinbar keine Präsentationen mehr, die er vorbereitete. Wie es ihm wohl gerade ging?

Ich sendete ihm ein Bild der Eingangstreppe. »Rate mal, wer brav lernt?«, schrieb ich dazu.

Clemens antwortete: »Gehst du auch rein oder stehst du nur im Eingang rum?« Er fügte einen Zwinker-Smiley an.

Ich antwortete nicht sofort, also schrieb er: »Was machst du heute Abend? Ich fahr nachher in die Kletterhalle. Möchtest du mit?«

Mein Plan für den Abend sah Netflix und Nudelsuppe vor. Kletterhalle mit Clemens klang definitiv besser. Ich sagte, ich würde mitkommen.

Clemens war komplett ausgerüstet, ich lieh Kletterschuhe aus. Sie waren eng und unbequem. »Das muss so sein«, sagte Clemens.

»Brauchen wir kein Seil?«, fragte ich ihn.

Clemens führte mich zu den Boulder-Wänden und meinte, heute würden wir hier klettern, da sei kein Seil notwendig. Ich war begeistert, wie problemlos ich die einfachen Routen klettern konnte, und überrascht, wie schnell meine Armmuskulatur keine Kraft mehr hatte. Ich schaute Clemens dabei zu, wie er die beeindruckendsten Routen mühelos durchkletterte, runde Bälle als Griffe, überhängende Passagen, Clemens traversierte sie mühelos. Er zitterte unter der Anstrengung, seine Muskeln wie seine Sporthose zum Zerreißen gespannt. Die letzte Route bereitete ihm Probleme, aber er biss sich durch, versuchte es wieder und wieder.

»Wenn der Kopf ›Ja‹ sagt und der Körper ›Nein‹, wer gewinnt?«, fragte er mich, als er sich neben mich setzte.

»In deinem Fall der Körper?«, mutmaßte ich.

»Keiner gewinnt. Nur wenn Kopf und Körper zusammenarbeiten, erreicht man Höchstleistungen. Mein Körper sagt mir ein definitives ›Nein‹, also lasse ich es für heute bleiben, bevor ich mich verletze.« Er warf mir sein Handtuch ins Gesicht. »Gehen wir duschen.«

Außer uns befanden sich keine Menschen mehr in der Umkleide. Ich zog mich aus. Ein Blick von Clemens genügte, um mich zu erregen. »Denk nicht einmal daran«, sagte ich. »Nicht hier.«

Die Duschen waren in kleinere Kabinen unterteilt. Ich stellte mich in die letzte, spürte meine müden Hände unter dem Wasserstrahl pulsieren.

»Und hier?«, fragte mich Clemens, der plötzlich hinter mir stand.

Ich erschreckte mich, boxte ihn. »Es kommt bestimmt gleich jemand rein.«

Er drückte meinen Körper gegen die Wand, seinen Körper gegen meinen. »Wäre nicht das erste Mal, dass man uns erwischt.« Seine Hände wanderten.

»Clemens«, sagte ich. »Ist das dein Ernst? Du bist echt unglaublich!«

»Ich weiß«, sagte er süffisant, bevor er mit seinem Mund andere Dinge anstellte.

Clemens setzte mich vor der Amphibie ab. Er wollte nicht mehr mit hoch kommen, sondern lieber nach Hause und ins eigene Bett. »Es war wie immer sehr schön mit dir, Kleiner.« Er umarmte mich. »Übe noch ein bisschen und bleib brav.«

Ich schälte mich aus meiner Winterjacke, legte mich ins Bett. Clemens wollte keine Beziehung mit mir, dennoch behandelte er mich wie seinen Partner, wenn wir zusammen waren. Er weckte Hoffnungen in mir. *Warum tue ich mir das an?* Ich musste Clemens sagen, dass wir zukünftig nur noch Freunde sein werden – exklusive Plus.

Ich nahm mein Telefon heraus, steckte es wieder weg, als ich realisierte, dass ich es nicht schreiben würde. Ich fürchtete mich davor, ihn nicht mehr in meinem Leben zu haben. War ein bisschen Clemens besser als gar kein Clemens? War ein bisschen Beziehung besser als gar keine Beziehung? Oder versperrte ich womöglich jemand anderem den Platz in meinem Leben, indem ich Clemens darin Platz nehmen ließ?

Jemand Neues auf der Straße anzuquatschen oder über Dating-Apps anzuschreiben, Small Talk zu führen, bis sich ein intensives Gespräch entwickelt, bis einer oder beide merken, dass es passt oder eben nicht passt, mich auf jemand Neues einzulassen, über meine Gefühle zu reden, mich verwundbar zu machen, immer mit dem Risiko, am Ende doch wieder alleine dazustehen – diese Vorstellungen ermüdeten mich. *Wie viel von mir kann ich anderen Menschen geben, ohne mich selbst zu verlieren?*

Ich dachte zurück an die vielen Liebschaften der letzten Wochen und Monate, erinnerte mich an den Anfang, noch vor Aurora. Meinen ersten Kuss bekam ich in der Grundschule von einem Mädchen mit langen glatten Haaren, deren Name mir nicht mehr einfiel. Meine erste Freundin, Tanja, brachte ich während der Gymnasialzeit nach Hause – sie las mir aus ihren selbstgeschriebenen Geschichten vor, steckte mir Liebesbriefe im Klassenzimmer zu. In der Oberstufe verdrehte mir Klara den Kopf: Ihr schrieb ich wochenlang Nachrichten, kochte für sie, beriet sie beim Shopping. Mit ihr hatte ich mein erstes Mal, das zeitgleich unser letztes Mal war. Dann kam Noah in seinem kurzen Mannschaftstrikot und mit seiner unverfrorenen Art. Wie es ihm wohl gerade ging?

Ich erinnerte mich, dass ich Noah blockiert hatte, fragte mich, warum ich so abweisend zu ihm gewesen war. Ich löste die Blockierung auf und stellte Vampir-Noah dieselbe Frage.

Im Nachtkästchen fand ich mein Ken Follett-Buch, das ich vor ewigen Zeiten begonnen hatte, und las, bis mir die Augen zufielen.

NOAH

1

Am Tag meiner letzten Klausur erhielt ich zwei überraschende Anrufe. Der erste erreichte mich am frühen Vormittag und war von Noah. Ich hatte mit keiner Antwort mehr gerechnet, mit einem Anruf schon gar nicht.

Bevor Noah etwas sagte, entschuldigte ich mich. »Tut mir leid, dass ich dich blockiert habe. Bei mir ging es drunter und drüber ... Aber das soll keine Ausrede sein. Es war nicht richtig von mir.«

»Kein Ding, Luca«, sagte Noah. »Ich rufe an, um die Wogen zu glätten, anstatt wieder Ewigkeiten aneinander vorbeizuschreiben.«

Wir verabredeten uns für die kommende Woche in Eglheim. »Ich freue mich darauf«, sagte ich.

Noah nuschelte Unverständliches, räusperte sich und sagte: »Ich mich auch.«

Der zweite Anruf weckte meine Neugierde. Das Display zeigte eine unbekannte Nummer. Zögernd nahm ich ab.

»Hier spricht Barbara, die Schwester deines Vaters.« Sie klang unsicher, als koste es sie viel Überwindung, mich anzurufen. »Hättest du die kommenden Tage Zeit für ein Gespräch? Nur wir beide?«

Ich sagte ihr zu, vertröstete sie auf die nächste Woche.

»Gut. Bis dann«, sagte sie und legte auf.

In der Klausur schrieb ich Formeln und Erklärungen, bis meine Hand schmerzte. Sarah neben mir beschwerte sich über meine Schrift, leerte eine Thermoskanne nach der anderen. Theo legte zeitgleich eine mündliche Klausur ab, er wartete mit einer Glühweinflasche auf uns.

»Hast du bestanden?«, fragte ich ihn.

»Vier gewinnt«, sagte er, und wir stießen an.

Der Zug nach Eglheim quoll über mit heimreisenden Studenten. Alle Sitze waren belegt. Ich setzte mich im Einstiegsbereich auf meinen Koffer, las meinen Ken Follett und hoffte auf keine Verspätungen. Zu Hause knallte Bene mir eine Broschüre der Hochschule für Film und Fernsehen in München vor die Nase. »Lies dir einmal den Regie-Workshop durch«, sagte er. »Der klingt richtig cool! Da dürfen auch Schüler mitmachen. Kann ich während der Zeit bei dir schlafen? Wäre im Mai.« Ich sah nicht, was dagegensprach. Freudestrahlend erzählte er es unserer Mutter.

»Er will unbedingt auf diese Hochschule«, sagte sie und zündete sich eine Zigarette an. »Und zu dir nach München, wie mir scheint.«

»Vielleicht bin ich dann schon in Hamburg«, entgegnete ich.

»Hast du dich immer noch nicht entschieden?«

Ich schüttelte den Kopf, steckte meine Nase wieder in mein Buch. Meine Mutter umrundete den Tisch, wuschelte mein Haar. »Schön, dich wieder lesen zu sehen.«

In der Nacht schneite es. Ich stapfte durch die ungeräumten Straßen, erkannte Noahs Grinsen schon von Weitem. Wir setzten uns in Eglheims einzige Sportsbar, bestellten uns heißen Kaffee zum Bier. »Du hast abgenommen, Luca«, bemerkte er und prüfte meinen Oberarm. »Siehst trotzdem zufrieden aus. Was ist dein Geheimnis?«

»Gestern die letzte Klausur meines Bachelors geschrieben«, antwortete ich. Noahs Hemdkragen war verrutscht. Ich richtete es ihm, sah aufgerichtete Härchen an der Stelle, wo meine Finger seinen Hals berührten.

Noah arbeitete in einem Reisebüro, erzählte mir von seinen Kontrollurlauben. »Wir müssen uns alle Hotels anschauen, die wir ins Sortiment aufnehmen«, sagte er. Dabei sei er schon sehr viel gereist, in Europa, nach Asien und Afrika. Als Nächstes stünde ein Hotel in Oslo auf dem Programm. Volleyball spiele er immer noch regelmäßig. »Aber richtig gut sind wir nicht mehr, seit unser Topspieler gegangen ist.« Er lächelte. *Hat Noah immer schon so süß gelächelt?*

Seine Hand umfasste das beschlagene Bierglas: Ich spürte den Drang, sie zu berühren. Eine Locke in seinem Gesicht: Ich wollte sie ihm wegstreichen. Doch andere Leute saßen im Raum. »Sollen wir unser Gespräch zu mir nach Hause verlegen?«, fragte ich ihn. »Meine Mutter freut sich, dich mal wiederzusehen.«

Noah zögerte. »Ich muss morgen früh raus. Ein anderes Mal vielleicht.«

Ich erinnerte mich an Noahs Unersättlichkeit im Schlafzimmer – es wurden wohl alle erwachsen.

Wir tranken aus, umarmten uns fest zum Abschied. Noah

löste seine Arme später als ich. »Ciao, Luca. War zu schön, dich wiederzusehen.«

Ich kämpfte mich zu Fuß durch das Schneegestöber, dachte nach: Warum hatte ich Noah früher nie als potenziellen Partner in Betracht gezogen? Weil ich seine Nettigkeit als selbstverständlich hingenommen hatte, weil ein schwules Verhältnis in Eglheim lange Zeit für mich außer Frage stand? Dabei hatte Noah mich immer so akzeptiert, wie ich war. Ganz gleich, ob ich ihn ignoriert, gekränkt oder unfair behandelt hatte. Er hatte mich verstanden, bevor ich mich selbst verstand.

Ich sah Licht in Markus' Zimmer brennen, entschied, spontan zu klingeln. Markus spähte durch den Spion, öffnete mir die Tür. »Luca, schöne Überraschung. Komm rein, aber leise, Madlene schläft schon.« Markus zog ein kleines Etui hinter dem Fernseher hervor und hielt es mir hin.

»Ist es das, was ich denke, dass es ist?« Ich öffnete das Etui. Darin lag ein schlichter Diamantring, blendend hell auf dunklem Samt. »Er ist wirklich schön, Markus. Wann willst du sie fragen?«

»Nächste Woche haben wir eine Wanderung geplant. Am Gipfelkreuz möchte ich sie damit überraschen.« Markus hüpfte von einem Fuß auf den anderen. Noch nie hatte ich ihn so aufgeregt erlebt. »Ich wollte warten, bis ich genügend Geld verdiene. Mein Vater hat mir zugesichert, dass ich den Grund für den Hausbau von ihm bekomme. Das heißt, jetzt wird es ernst.«

Ich freute mich, Markus so glücklich zu sehen. Ich fragte mich im Stillen, ob ich an seiner Stelle genauso glücklich wäre – und was mit mir nicht stimmte, weil ich es vermutlich nicht sein würde.

Markus ließ sich in seinen Ohrensessel fallen, erkundigte sich nach meinem bisherigen Abend.

»Bin mit Noah etwas trinken gewesen«, sagte ich. »Er lässt dich grüßen.«

»Also hast du es von der Quelle gehört?« Markus rutschte in seinem Sessel herum, seufzte laut. »Hätte ich nie von ihm gedacht. Du schon?«

Ich sagte: »Wovon redest du?«

»Noah ist schwul. Wusstest du das nicht?«

Ich schüttelte den Kopf, weniger als Antwort, sondern mehr aus Verwirrung. *Woher weiß Markus davon?*

»Ich war auch richtig schockiert am Anfang.« Er klopfte auf die Lehnen seines Sessels, verteilte Staubpartikel in der Luft.

Ich bemühte mich um einen gelassenen Tonfall. »Ist doch nicht so schlimm. Ich wusste vom Enkel des Bürgermeisters, Quirin, der steht scheinbar auch auf Kerle.«

»Klar«, sagte Markus. »Deswegen kam die ganze Sache mit Noah auch raus. Quirins Vater hat die beiden beim Rummachen erwischt. Die sind jetzt ein Paar.«

»Ein Paar?«, wiederholte ich. Plötzlich erklärte sich Noahs zurückhaltende Art. *Doch warum hat er nichts gesagt?* Wusste Quirin, dass Noah sich mit mir traf?

Später im Bett schrieb ich eine Nachricht an Noah. »Du hast einen Freund? Du bist geoutet? Wieso erwähnst du so was nicht?«

Brennende Eingeweide brachten mich um den Schlaf. Ich träumte von Noah und von Quirin, der plötzlich einen Modelkörper besaß, fließend katalanisch sprach und die schwersten Routen beim Bouldern meisterte. Am nächsten Morgen las ich

Noahs Antworten:

»Ja, ich habe einen Freund.«

»Ja, ich wurde geoutet.«

»Weil ich mit dir nie weiß, was ich denken soll, Luca. Du ignorierst mich, ich verzeihe dir. Du blockierst mich, ich verzeihe dir. Du hast so viel Macht über mich, und das macht mir Angst.«

»Mich mit dir zu treffen, war nicht klug.«

Ich antwortete nicht sofort, sondern half Henrik dabei, den Vorplatz freizuschaufeln und den vertrockneten Weihnachtsbaum zu zerhacken. Als ich wieder auf mein Handy schaute, hatte Noah noch einmal geschrieben: »Ignorierst du mich jetzt schon wieder?«

Mit tauben Fingern tippte ich eine kurze Antwort: »Ich weiß nicht, was ich antworten soll. Also willst du dich nicht mehr mit mir treffen?«

Das Vampir-Emoji ploppte auf, verschwand, ploppte auf, verschwand, ploppte auf: »Doch, und das macht mir Angst. Ich mag Quirin wirklich gerne – du warst einfach schon früher da.«

Ich lud ihn zu uns zum Abendessen ein, um in Ruhe darüber zu reden. »Keine Sorge. Ich weiß jetzt, dass du einen Freund hast. Ich werde nichts versuchen.« Noah lehnte ab, bat um Bedenkzeit.

Henrik fuhr mich zum Treffen mit Barbara. Sie hatte ein Café in der Nähe meines Apartments in München vorgeschlagen, ich hatte zugestimmt. Als wir an der Amphibie vorbeifuhren, knetete Henrik das Lenkrad, seine Stirn lag in Falten. »Deine Mutter sagt, ich soll dich begleiten«, grummelte er. »Aber ich mach es nur, wenn du es möchtest.«

Ich erwiderte, dass es nicht nötig sei. Barbara war die nettere Zwillingsschwester. Was immer sie mir sagen wollte, würde mich nicht aus der Bahn werfen.

Barbara reichte mir die Hand zur Begrüßung. Sie fühlte sich so rau an. Ihre erste Frage galt meinem Studium, die zweite meinem Bruder. Ihre stechenden Augen taxierten mich. Sie wollte wissen, wie ich den Tod meines Vaters verkraftet hatte. Kein Blinzeln. »Denkst du noch oft an ihn? Oder ist er dir schon egal geworden?« Die Härte, die ich von ihrer Schwester kannte, schien durch ihre freundliche Fassade.

»Er wird mir nie egal sein, Barbara.« Ich betonte jede Silbe ihres Namens, zeigte ihr damit, wie sehr mich der Vorwurf in ihrer Frage kränkte. »Ich denke sehr oft an ihn. Sogar mehr als vor seinem Tod.«

Barbaras Mundwinkel blieben hart. »Späte Erkenntnisse, wie ich sehe. Besser als keine.« Sie klang selbstgefällig. Wie eine Lehrerin, die ihren Schüler maßregelte.

»Wieso wolltest du mich treffen, Barbara?«, fragte ich sie.

»Nur um zu sehen, wie traurig ich noch bin? Damit du mir ins Gesicht sagen kannst, wie schlecht ich unseren Vater behandelt habe? Das weiß ich selbst. Dafür hättest du nicht herkommen müssen.«

Barbara zog ein abgegriffenes Notizbuch aus ihrer Handtasche, das sie mir reichte. Ich öffnete die erste Seite. In geschwungenen Linien las ich »Tagebuch von Arvid« – es gehörte meinem Vater.

»Es ist das einzige Tagebuch deines Vaters, das wir gefunden haben. Mathilda wollte nicht, dass ich es dir gebe, aber ich denke, Bene und du, ihr solltet es haben.«

Ich fuhr über den brüchigen Ledereinband und roch an den Seiten. »Was werde ich darin lesen?«, fragte ich, weil ich annahm, dass Barbara den Inhalt kannte.

»Er hat sehr unregelmäßig Tagebuch geführt. Die ersten Seiten stammen aus der Zeit, als du geboren wurdest, den letzten Eintrag verfasste er letztes Jahr.« Sie kramte Geld aus ihrer Handtasche. »Ich hoffe, dass dir das Tagebuch hilft, Frieden zu finden.« Sie stürzte den Rest ihres Kaffees hinunter und legte das Geld auf den Tisch, bevor sie ging.

Ich schlug das Buch an beliebigen Stellen auf und las:

Der Kleine ist schöner, als ich ihn mir je hätte vorstellen können. Letzte Nacht schlief er zum ersten Mal auf meiner Brust ein. Ob seine Augen blau bleiben wie meine?

Wieso versteht sie nicht, dass ich das Beste für sie will? Ihre Eingebildetheit ist nicht zu fassen.

Bene malte mir ein Bild von einem Fuchs. Wieso denn ein Fuchs? Weil er mich als Einzelgänger sieht? Bin ich so erbärmlich?

Ich sehe, wie Luca mich anschaut, und könnte aus der Haut fahren. Was habe ich nicht alles für diesen Jungen getan.

Ich kaufte Luca ein Computerspiel, das Matthias mir empfohlen hat. Ich hoffe, es gefällt ihm.

Mia versteht mich nicht – will sie nun mit mir zusammen sein oder nicht? Das ewige Hin und Her bringt mich um den Verstand.

Florida ist viel zu heiß, die Menschen sind nett, aber keiner interessiert sich hier für mich. Wobei, zu Hause ist das auch nicht anders.

Ich blätterte zur letzten Seite, auf der ein kurzer Absatz stand:

Ich bin für heute mit der Arbeit fertig. Gerade sitze ich am Clifford Pier, esse köstliche Teigtaschen und genieße den Ausblick auf das Marina Bay Sands. Ich denke, es würde Luca und Bene gefallen, zusammen mit mir den Sonnenuntergang über der Skyline zu beobachten. Ich werde ihnen eine Postkarte schreiben und ihnen davon erzählen. Ein Familienurlaub ist längst überfällig. Vielleicht ist es das, was mir und den Jungs fehlt: Gemeinsam verbrachte Zeit, weg von dem ganzen Stress und der Hektik. ›Lass die Liebe rein‹ hat mein Therapeut gesagt. Dass er damit meine Familie meint, wird mir erst jetzt klar.

Als Henrik mich abholte, fiel ich ihm um den Hals. Er tröstete mich nicht mit Worten, sondern beruhigte mich durch seine Beständigkeit – wie er es schon seit Jahren tat.

»Ich hab dich lieb, Henrik.«

»Ich dich auch, Luca.«

2

Noah lief mir beim Einkaufen im Supermarkt über den Weg: Laufkleidung, Kopfhörer in den Ohren, verschwitzt. Er bestellte hundert Gramm Ungarische Salami, ich fünfhundert Gramm Faschiertes. Ich roch ihn über den Geruch der Fleischtheke. »Entschuldige, ich komme gerade vom Gym«, sagte er. Sein T-Shirt lag so eng an, er stand quasi oben ohne vor mir. Noah fand den Rooibos-Tee für mich, grüßte eine vorbeigehende Frau mit Rollator. Vor dem Süßigkeitenregal fragte ich ihn: »Hast du schon fertig gedacht?«

»Meinst du es ernst, Luca?«, fragte Noah mich. »Mit uns?«

»Ich glaube schon.«

Noah schüttelte den Kopf. »Nein. Dieses Mal will ich mehr als ein ›vielleicht‹ von dir. Ich bin fertig mit Denken, jetzt bist du dran. Wenn du es ernst meinst, dann tue ich es auch.« Er blickte verstohlen über seine Schulter, bevor er mir einen Kuss auf die Wange gab, schnell und heimlich.

Zu Hause legte ich mich in mein Bett, das Tagebuch meines Vaters auf meiner Brust. Unzählige seiner Gedanken waren darin, ich fühlte mich ihm nahe.

Bene hatte das Tagebuch nicht lesen wollen, noch nicht. »Du passt darauf auf, nicht wahr, Luca?«, hatte er gesagt. »Irgendwann möchte ich es gerne lesen.« Mein Bruder wusste besser als ich, wo seine Grenzen lagen.

»Papa«, sagte ich in die Leere über mir. »Noah hat mir gerade gesagt, dass er mit mir zusammen sein möchte. Warum fühle ich mich nicht glücklich?«

Ich blätterte zu einer Stelle im Buch, an der mein Vater über die gescheiterte Ehe schrieb. Ich las: »*Lange Zeit dachte ich, Nora ist die Richtige. Ich war mir so sicher. Stellt sich heraus: Sie ist nicht meine Seelenverwandte. Vermutlich gibt es für mich keine.«*

Mein Vater suchte sein Glück immer bei anderen Menschen – genau wie ich.

Aurora beherrschte lange Zeit meine Gedanken und Gefühlswelt, und sie vergiftete noch immer mein Wesen. Noah könnte eine zweite Aurora werden. Ich spürte dieselbe Eifersucht, denselben Drang, ihn für mich zu haben. Ich durfte nicht in mein altes Muster, diese ungesunde Obsession, zurückfallen. Noah durfte keine zweite Aurora werden.

Ich überlegte, wo mein Fehler lag, an welcher Stelle ich anders abbiegen musste. Ich stieß auf eine grundlegende Frage: *Wie soll sich Liebe in einer Partnerschaft anfühlen?* Aufbauende Liebe, wertschätzende Liebe, gesunde Liebe – hatte ich sie jemals erfahren? Hatte ich sie verwechselt mit der Angst vor dem Alleinsein, hatte ich sie verwechselt mit der Hoffnung auf wahrhafte Liebe? Wenn man sich nach Liebe sehnt, findet man sie an Orten, wo keine ist.

Anstatt die Wertschätzung in mir selbst zu finden, habe ich sie verzweifelt bei Aurora gesucht. Deswegen kam ich nicht von ihr los, deswegen scheiterte jede Beziehung, die ich einging: Niemand konnte mir die Liebe geben, die ich suchte – nur ich selbst konnte das.

Ich würde nicht denselben Fehler machen wie mein Vater. Ich fällte eine Entscheidung, wartete nicht, sondern rief Noah sofort an. Er nahm nach dem dritten Klingeln ab, klang aufgeregt.

»Noah«, sagte ich. »Ich habe nachgedacht. Was wir haben, war etwas Besonderes und ist es noch. Du bist mir wichtiger, als mir lange Zeit klar war. Dennoch …« Noah würde mich lieben, mir Wertschätzung und Aufrichtigkeit entgegenbringen – aber ich durfte ihn nicht nur dafür wollen. »Bleib bei Quirin. Wenn wir zusammengehören, dann wird es irgendwann passieren, aber nicht um den Preis deiner Beziehung. Nicht, wenn du vielleicht wegen mir leidest.«

»Wieso denkst du, dass ich leiden werde?«, fragte Noah.

»Du magst Quirin gern, er mag dich. Mach das nicht kaputt. Du …«

Noah fiel mir ins Wort: »Falls du dich nicht outen möchtest, Luca, dann können wir …«

»Nein, Noah«, sagte ich. »Ich habe keine große Angst vor einem Outing.«

»Was ist es dann?«, fragte er. »Ich habe Quirin, aber wen hast du? Gibt es da jemanden?«

Noah schwieg am anderen Ende der Leitung, als ich laut auflachte. *Das wäre auch der erste Gedanke, den ich lange Zeit an seiner Stelle gehabt hätte.* »Ich habe erkannt, dass ich keine Partnerschaft brauche, um glücklich zu sein, Noah. Ich habe eine Familie, die mich liebt, Freunde, die für mich da sind. Und mich selbst.« Ich verabschiedete mich endgültig von dem Gedanken an eine Beziehung mit Noah, und es fühlte sich gut an. »Ich habe mich selbst lange Zeit nicht gemocht und nicht so akzeptiert, wie ich bin. Das möchte ich jetzt ändern.« Die Worte fühlten sich wahr an, mein Körper reagierte darauf, ließ mich weiterlächeln, lange nachdem ich aufgelegt hatte.

Ich möchte frei sein und lernen, mich selbst zu lieben. Ein Unterfangen, das Zeit braucht und mit Akzeptanz beginnt.

Zum Abendessen bereitete meine Mutter ein thailändisches Curry zu. Ich beobachtete, wie sie Bene eine große Portion auf den Teller schöpfte, wie Henrik gedankenverloren in die heiße Ananas biss und sich den Mund verbrannte.

»Hört mal alle zu«, sagte ich mit ruhiger Stimme. »Ich stehe übrigens nicht nur auf Frauen, sondern auch auf Männer. Dachte, ihr solltet es mal wissen.«

LUCA

1

Bene und ich standen vor der Amphibie und beobachteten die Einparkversuche unserer Mutter. »Soll ich es probieren?«, bot ich an. Meine Mutter ignorierte mich genauso wie die sechs wartenden Autos hinter ihr. Nach mehreren Versuchen rollte der Wagen in die Parklücke, die Felge des Hinterreifens Millimeter vom Gehsteig entfernt. »Perfekt«, sagte meine Mutter, zog die Zigarette aus dem Mund und schob den Schalthebel in den Parkmodus. Bene umarmte sie als Erster, erzählte ihr von den letzten Tagen im Regie-Workshop der Hochschule. »Ich habe so viel gelernt, Mama«, sagte er. »Schade, dass heute schon der letzte Tag ist.«

Wir holten Benes Übernachtungskoffer aus meinem Zimmer. Meine Mutter lehnte sich gegen den Wandschrank, begutachtete den Smiley an meinem Wandspiegel und die kleine Regenbogenfahne, die aus meinem Kaktus ragte. Sie zog sie heraus, drehte sie zwischen ihren Fingern. Sie bemühte sich zu lächeln. »Wenigstens etwas mehr Farbe in deinem Zimmer.«

Meine Mutter war entsetzt gewesen, als ich am Essenstisch verkündet hatte, dass ich mir eine Beziehung zu einem Mann wie auch einer Frau vorstellen konnte. Sie sagte, ich mochte doch als kleiner Junge immer nur Mädchen, und legte mir eine Hand auf die Stirn, als prüfe sie Fieber. Können Männer untereinander überhaupt eine richtige Beziehung führen, fragte sie, nachdem sie *Brokeback Mountain* im Fernsehen gesehen hatte – wobei sie nicht »richtige«, sondern »liebevolle« meinte. Ich suchte mir immer den schwersten Weg aus, sagte sie kopfschüttelnd. Ich versuchte sie zu beruhigen, aber ihre Sorgen blieben.

Einmal hatte ich Clemens erwähnt, während wir einkaufen fuhren. Ich erzählte von unserem Kennenlernen und dass unsere Beziehung mittlerweile rein freundschaftlich sei. Meine Mutter reagierte wie erwartet: »Schön, dass du uns davon erzählst, aber ganz verdaut habe ich die Nachricht noch nicht.« Von der Rückbank war plötzlich Benes Stimme ertönt: »Mama, jetzt reicht es aber! Ob Luca nun Frauen oder Männer oder beide liebt, ist doch scheißegal! Liebe ist Liebe. Kann er doch nichts dafür, in wen er sich verliebt. Es gibt Menschen, die ihr Auto lieben und heiraten wollen, Herrgott noch mal!« Ich dankte ihm, wir gaben uns ein High Five. Meine Mutter sagte nichts, nickte nur und sah auf die Straße. Doch die Nachricht war angekommen – danach sprach meine Mutter nicht mehr abwertend über das Thema.

Obwohl ich glaubte, dass Henrik viel Arbeit auf dem Gebiet leistete. Er hatte bei der Verkündigung am Essenstisch angenehm reagiert: »Luca, ich finde es toll! Will nicht lügen, ich bin überrascht, aber ich finde es toll.« Er hatte den Tisch umrundet und mich in eine Umarmung gezogen. »Solange einer von euch Jungs eurer Mutter und mir Enkelkinder schenkt, bin ich zufrieden. Kein Stress, Bene«, hatte er gesagt und meinem Bruder zugezwinkert.

Nachdem Benes Koffer verstaut war, schlug ich vor, mit dem Auto zur Hochschule zu fahren. Meine Mutter erwiderte: »Ich bewege das Auto nicht mehr aus der Parklücke.« Wir nahmen die U-Bahn. Eine Stellwerkstörung führte zu Verspätungen im Schienenverkehr. Glücklicherweise fuhren wir früh genug, damit Bene pünktlich sein würde. Bene wirkte winzig, als er in dem gläsernen Betongebäude verschwand.

»Und was machen wir in der Zwischenzeit?«, fragte meine Mutter.

»Mittagessen«, sagte ich. »Sarah und Theo warten schon auf uns.«

Sarah hatte bereits eine halbe Antipasti-Platte vertilgt, als wir bei Don Fredo ankamen. Meine Mutter streckte ihre Hand zur Begrüßung aus, aber Sarah umarmte sie spontan. In seiner Pause setzte sich Theo zu uns. Beide stellten meiner Mutter viele Fragen, freuten sich, sie einmal kennenzulernen. Das Essen meiner Mutter wurde langsam kalt, denn sie war in das Gespräch mit Sarah und Theo vertieft. Zwischen den Bissen musterte sie meine Freunde, blieb an Sarahs Unterarm-Tattoos und Theos beginnender Glatze hängen.

Sarah erinnerte uns an den gemeinsamen Urlaub. »Ich habe uns gestern Abend den Flug nach Menorca gebucht. Sonne, Palmen, Strand und Meer – wie hört sich das an?«

Ich grinste. »Falls du noch ein günstiges Hotel suchst, kenne ich da jemanden in einem Reisebüro, der uns vielleicht helfen könnte.«

Noah hatte mir letzte Woche erst von einer Reise auf die Balearen erzählt. Auf seinem Whatsapp-Profilbild lag der Ozean im Hintergrund, im Vordergrund lächelte Quirin in die Kamera, Noah küsste ihn auf die Wange. Sie sahen glücklich aus. Ich schrieb ihm, dass ich mich für sie freute – und war ebenfalls glücklich, weil es stimmte.

Nach dem Essen sagte meine Mutter: »Ich mag die beiden. Sie tun dir gut.« Sie zündete eine Zigarette an. »Ich bin ihnen dankbar, dass sie für dich da waren, als du sie brauchtest.«

Wir fuhren zu unserem Auto, dann zur Hochschule, um Bene abzuholen. Er erzählte uns von dem Dolly-Zoom, den sie heute erklärt bekommen hatten. Auf dem Weg nach Eglheim führte er uns durch jedes Detail des heutigen Workshops. Ich gab einsilbige Bestätigungen, meine Mutter hatte schon lange auf Durchzug gestellt. Bene erzählte von der Bedeutung des Smileys in der *Watchmen*-Comicsaga. Es erinnerte mich an Kai und sein Smiley-Tattoo. *Es darf auch einfach sein.*

»Ich habe das Jobangebot von Kai ausgeschlagen«, sagte ich. Meine Mutter hatte nicht hingehört, also wiederholte ich es. »Ich hab Kais Jobangebot ausgeschlagen.«

»Wieso das, Schatz?«, erkundigte sich meine Mutter.

»Es würde sich besser anfühlen, wenn ich bereit dazu wäre.« Das verstanden beide.

Kai war verständnisvoll gewesen. Ich sagte ihm, ich hoffe, das ändere nichts an unserer Freundschaft. »Ich hätte dir das Angebot nicht unterbreitet, wenn es irgendeinen Einfluss auf unsere Freundschaft gehabt hätte«, sagte er, und ich glaubte ihm. Ich hatte Tickets für einen Zug nach Köln gebucht, um ihn zu besuchen. Er würde mir seine neue Freundin vorstellen.

Meine Mutter parkte das Auto in unserer Einfahrt. Bevor wir ausstiegen, sagte sie zu uns: »Ich bin so stolz auf euch!«

Bene lehnte sich nach vorne. »Wir sind nur so gut geworden wegen dir, Mama.«

Ich warf meinen Koffer auf mein Bett und begann, ihn auszupacken. Als ich Benes Klavierspiel hörte, ging ich kurzentschlossen zu ihm, durchforstete die Blätter auf dem Klavier und daneben: Ich fand meine alten Noten nicht. Ich stieg die Treppe zum Dachboden hinauf, knipste die Glühbirne an. Spinnweben legten sich auf meine Haut, ich wischte sie weg. Braune Kisten standen herum, allesamt mit deren Inhalten beschriftet: Skiklamotten, Bücher (alt), Geschirr (Weihnachten), Baby-Spielzeug Luca Bene. Ich kramte mich durch verschiedene Kisten, bis ich die richtige fand: Computerspiele (Luca), Comics und Zeug. Ich bog die schweren Kartonseiten auf. Die Notenblätter lagen ganz oben. Ich nahm den Stapel loser Blätter und die violette Mappe mit meinen Initialen darauf.

Da sah ich – halb hinter Benes Rollerblades verborgen – ein Bild. Es rüttelte Erinnerungen wach. Ich legte die Noten zur Seite und zog an dem verstaubten Rahmen. Das Bild zeigte einen Wald mitsamt seinen Bewohnern. Ich erkannte die Mäusefamilie und die halbversteckten Dachse, die Rehe auf ihrer Weide und die Hasenfamilie neben dem Fluss. Wie oft hatte ich dieses Bild betrachtet? Wie oft hatte ich mit meinen Eltern davorgelegen und die Tiernamen geübt?

Ich erinnerte mich an den Tag, an dem ich es abhängte. Mein Vater hatte seine Sachen gepackt, war gegangen, aus unserem Leben verschwunden. Ich hatte gelernt: Nicht jede Familie bestand aus einer Mutter, einem Vater und den Kindern. Ich hatte das Bild abgehängt, weil es log – die Familie, die es versprach, wollte ich dennoch. Viel zu lange hielt ich daran fest.

Henrik rief nach mir. »Ich habe gerade einen Anruf bekommen. Der Grabstein eures Vaters ist fertig.« Ich legte die Notenblätter und die Mappe auf das Klavier. Bene hatte bereits seine Jacke und Schuhe an, ich folgte seinem Beispiel. Wir fuhren mit beiden Autos. Henrik kam etwas später am Friedhof an, Grabkerzen in den Händen.

Der Grabstein bestand aus schwarzem Marmor, die Flächen waren glatt geschliffen, die Ecken und Kanten schlagrau. Ich sah auf den Bindestrich zwischen beiden Daten, der das gesamte Leben meines Vaters umfasste. Man sah dem Bindestrich nicht an, dass dieses Leben zu früh beendet worden war.

Wir zündeten die Kerzen an und stellten sie auf sein Grab. Jeder von uns eine. »Papa«, sagte ich zu dem schwarzen Stein vor mir. »Ich liebe dich.« Das hatte ich immer getan, und das würde ich auch immer tun.

Hier im Kreis meiner Familie, zwischen meiner Mutter, Bene und Henrik, spürte ich es deutlicher als je zuvor. Ich spürte es von meinen Zehen auf dem staubigen Kies bis zu meinem Scheitel, von meiner verschwiegenen Unsicherheit zu meinem wachsenden Selbstvertrauen, vom wohlbekannten Selbsthass zur wohlverdienten Akzeptanz: Ich wurde geliebt! Von meiner Familie, von meinen Freunden. Ich bin es wert, geliebt zu werden! Daran würde ich nicht mehr zweifeln.

AURORA

Hallo Luca. Wie geht es dir? Bist du glücklich? (21:02)

DANKSAGUNG

Ich danke:

Meiner Mutter Sabina Wachter, die mir zuhörte, zuhörte und zuhörte – und mich lehrte, mit ganzem Herzen zu lieben. In stressigen Phasen lieh sie mir ihre Nerven aus Stahl, in ruhigen Phasen offenbarte sie mir Neues in Altbekanntem.

Patrick Deuringer, der diese Geschichte zuerst las und dessen Begeisterung mich ermutigte.

Antonia Sutter, die von Anfang an dabei war und mich den Wert von Freundschaft lehrte.

Meinen homosexuellen, bisexuellen und pansexuellen Freunden, deren Namen ich hier auf Wunsch nicht erwähnen werde – ich danke ihnen für ihre Hilfsbereitschaft in jeglichen Belangen, ihrer inspirierenden Stärke im Angesicht von Intoleranz, ihrer Herzlichkeit und für ihren Mut, sich selbst zu lieben.

Meinen Kollegen der Prosathek – allen voran Lydia Wünsch und Victoria Bauer. Lydia glaubte noch vor mir an Lucas Geschichte. Ob tagsüber in Arbeit versunken oder spätnachts aus den Träumen gerissen, Lydia griff immer zum Hörer, um mir meine Bedenken auszureden. Victoria ließ sich selbst von 39 Grad Fieber und dem schlechtesten Handyfunknetz ihres Lebens nicht davon abhalten, mir mein Manuskript postwendend mit wertvollen Verbesserungsvorschlägen zurückzuschicken.

Dem gesamten Team des Diederichs Verlags, ohne deren Unterstützung dieses Buch nie das Konzeptionsstadium verlassen hätte: Insbesondere danke ich der Programmleiterin Karin Stuhldreier, die der Prosathek- Reihe bei Diederichs Leben einhauchte und mir ein Vertrauen schenkte, das mir Sicherheit gab und meinen Ehrgeiz weckte. Ihr redaktioneller und verlegerischer Beistand brachte mich auf den richtigen Weg und hielt mich auf Kurs.

Außerdem meiner Lektorin Vera Baschlakow, die im fernen Berlin meinem Manuskript den Feinschliff verpasste.

Zu guter Letzt den Random House Vertretern, die dafür sorgen, dass *Am Ende bin ich* bei den Buchhändlern in den Regalen landen wird, wo interessierte Leser ihre Reise mit Luca beginnen können.

Alexander Wachter